JN123832

新装版　**脳卒中からの改善1**

可能性を信じて！！

吉村正夫：著
風媒社

脳卒中は、小学校の、〇、×のような物では、行きません。

脳卒中の症状は、人、それぞれです。
　　「脳卒中になった。
　　　　が、ピンピンとしている人も、います。

　　　　片腕が、不自由な人も、います。
　　　　片脚が、不自由な人も、います。

　　　　言葉が、しゃべれない人も、います。

　　　　字も読めない人も、います。
　　　　平仮名も書けない人、計算も出来ない人も、います。
　　　　パソコンも、打てない人も、います。

　　　　寝たきりになってしまう人も、います。
　　　　亡くなってしまう人も、います。

　　　　世の中には、星の数ほど、症状があります。

人、それぞれです！！

生きていれば、

　　可能性に、かけてみて下さい！！

この本は、私が以前、出版した本、
　　　「手記　こっちに、おいで・・・　可能性を信じて！！
　　　　　失語症・右半身不随・高次脳機能障害との闘い」、

　　　「失語症・右半身不随・高次脳機能障害との闘い
　　　　　　脳卒中の方の気持ちが、よく分かる本。」、

　　　「『脳卒中は、治りますか？』
　　　　　失語症・右半身不随・高次脳機能障害との闘い」、

　　　「新装版　失語症　言葉がしゃべれた！！（一部分のみ）」の、
　　　　　4冊を、再編集し、読みやすくした本です。

また、私家版：「倒れてからでは、もう、遅い！！　予防編
　　　　　　　『脳卒中は、治りますか？』の、一部分も、入れました。

おおむね、
　　　「手記　こっちに、おいで・・・」（前半）と、
　　　「新装版　失語症　言葉がしゃべれた！！（後半）」とし、
　　　　　　　　『脳卒中からの改善　1』としました。

おおむね、
　　　「失語症・右半身不随・高次脳機能障害との闘い」（前半）と、
　　　「『脳卒中は、治りますか？』」（後半）と、
　　　「倒れてからでは、もう、遅い！！」（終わりに）とし、
　　　　　　　　『脳卒中からの改善　2』としました。

もし、私のホームページが、残っていたら、参考にして下さい。

http://www13.plala.or.jp/yosimuramasao/

「手記　こっちに、おいで・・・」では、
　　　　　　　　　　　　　主に、私のことが、書いてあります。
倒れてからのこと、字が書けるように、しゃべれるように、
　　　　　　　　　　歩けるようになったこと等が、書いてあります。
高校での、退職講演会の様子も、書いてあります。
　　　　　（2007.1.〜2010.7.ごろ（46歳〜50歳）、中心。）

また、「新装版　失語症　言葉がしゃべれた！！」として
　　　　失語症に、絞ったことが、書いてあります（一部分のみ）。

「失語症等との闘い」では、主に、全国的なことが、また、
　　　　　いろんな方が、努力していることが、書いてあります。
また、出版してからの反響も、書いてあります。
また、言語聴覚士等の考え方、失語症友の会のことも、
　　　　　　　　　　　　　　　　　　書いてあります。
　　　　　（2010.7.〜2016.4.ごろ（50歳〜56歳）、中心。）

『脳卒中は、治りますか？』に、
　　　　　「リハビリとは、何ぞや？」
　　　　　「脳卒中は、治るのか？」等が、書いてあります。
　　　　　（2017.3.〜2018.12.ごろ（56歳〜57歳）、中心。）

「倒れてからでは、もう、遅い！！　予防編
　　　　　　　　　『脳卒中は、治りますか？』」は、
　　　　知人・各団体等に、配った物の一部を入れてあります。
　　　　　　　　　　　　　　　　　　（2020/4/　配布）

なお、この本は、吉村正夫の、体験談・実体験の、本です。
一見、闘病記に見えますが、**手記です。**
　　　ある方への**手紙**です。　また、ある方への**免罪符です。**
　　　　　　　　　　本は、その、副産物です。　ご了承下さい。

また、当時の私の記憶・記録に従って、書きました。
法律は、順番に変わっていきます。　悪しからず、ご了承下さい。

「脳卒中からの改善　1」　目次

後半の目次（「新装版　失語症　言葉がしゃべれた！！」）

吉村正夫の脳画像

右脳　　左脳

右脳　　左脳

（前ページの写真は、私の脳を断層撮影したものです。
画像は、反転しているかもしれないが、文章通りで合っています。）

吉村正夫の脳。

私が、被る帽子は、58cm。円周率、3.14。
概算　円の直径は、20cm。半径は、10cm。出血範囲は、8cm。

　　　　右半身不随
　　　　　　（左脳が出血。神経は、交差している。）

右脚、右手　　　　　　　　　　　　左脚、左手

医師の話によれば、５cm以内ならば、手術可能。
だけど、広がりすぎて、手術は、不可能・・・・・・・・

（脳卒中については、「**注目！！**」の稿を、参照。
　また、失語症については、次のページを、見て下さい。
　難しかったら、"ふ〜〜〜ん・・・"と言って、読み流して下さい。）

失語症について Original　　　　　　　　　　　　　　（七條文雄）

<Last update: Jan. 14, 2013 >（since November 27, 1996）
連絡先：shichijo@nmt.ne.jp

1. 失語症とは？
　　成長と共に一旦形成された言語機能が、大脳の病変により障害され、言語の理解障害や表出障害を来した状態をいいます。

2. 言語障害には？
　　言語障害には、失語症と構音障害があります。

3. 両者の相異は？
　失　語　症：会話の内容に障害があります。
　構音障害：会話の内容は正確。舌や口唇の運動麻痺により、ろれつが回らない状態です。

4. 失語症の種類
　ブローカ失語（運動性失語）：非流暢、言語理解は比較的良好、復唱障害、呼称障害、
　　　　　音読障害、書字障害
　ウェルニッケ失語（感覚失語）：流暢、錯語、言語理解障害、復唱障害、呼称障害、
　　　　　音読障害、読み理解障害、書字障害
　全　失　語：非流暢、口頭理解障害、復唱障害、呼称障害、音読障害、読解障害、
　　　　　書字障害
　超皮質性運動失語：非流暢、口頭理解良好、復唱良好、呼称障害、音読障害、
　　　　　読解良好、書字障害
　超皮質性感覚失語：流暢、錯語、反響語、口頭理解障害、復唱良好、呼称障害、
　　　　　音読障害、読み理解障害、書字障害
　混合型超皮質性失語：非流暢、反響語、口頭理解障害、復唱良好、呼称障害、
　　　　　音読障害、読解障害、書字障害
　伝導失語：流暢、錯語、口頭言語理解良好、復唱障害、呼称は軽度、音読障害、
　　　　　読み理解正常、書字障害

	発話	書字	聴理解	読解	復唱
Broca失語（運動失語）	×	×	○	○	×
Wernicke失語（感覚失語）	△錯語	△	×	×	×
全失語	×	×	×	×	×
超皮質性運動失語	×	×	○	○	○
超皮質性感覚失語	△錯語	△	×	×	○
混合型超皮質性失語	×	×	×	×	○
伝導失語	○	○	○	○	×

5. 失語症の原因

大脳の局在性病変（脳腫瘍、頭部外傷、脳内出血、脳梗塞など）により大脳の言語機能に関与する部位に障害が生じて失語症が発症する。

たとえば、大脳優位側（通常左側）の前頭葉の下前頭回後部（運動言語中枢）の障害でブローカ失語が、側頭葉の上側頭回後部（感覚言語中枢）でウェルニッケ失語が、弓状線維束障害で伝導失語が生ずる。

6. 大脳優位側と非優位側

通常、左半球は優位側、すなわち、言語・算術・理論等を主たる役割とし、右半球は非優位側、すなわち、音楽・幾何学・発想等を主たる役割としている。

〔注：右利きの97％、左利きの50-60％において言語機能は左半球優位といわれている。〕

http://www.nmt.ne.jp/~shichijo/aphasia.html　　　　　　　　〔注：資料を一部加工〕

注目！！　　　　まずは、本文を読む前に！！
（約 10 ページありますが、重要ですから、読んで下さい。）

（概略）
吉村正夫、と言います。　　私が体験した、脳卒中に関する、本です。
脳卒中（失語症・右半身不随・高次脳機能障害）を、
　　　　　　　　　　　　　　　　　　患っている者です。
私は、２００７年１月２３日、倒れました。　脳内出血でした。
発症当時、46歳でした。　　倒れた時、ある医師が言ったそうだ。
　　「もう、一生、寝たきり（植物状態）になるかも知れない・・・」

　　倒れた時は、昏睡状態で、２週間、眠ったままでした。
目が覚めたら、言葉も喋れなかった（失語症）し、
　　　　　文字も書けなかったし、
　　　　　　　一桁の計算も出来ませんでした（高次脳機能障害）。
ベッドに寝たきりの状態でした（右半身不随）。**恐怖**でした。

転院して、そこの言語聴覚士に、口真似を教えてもらいました。
　　　　　　　　　　　　　　　（失語症の改善の、きっかけ。）

倒れてから、１年程して、元同僚から、電話がかかってきました。
また、**恐怖**でした
（向かいあって喋る事は出来ても、電話口では喋れませんでした）。
“（これでは、ダメだ！！
　　　　　　恥ずかしがっては、いられない！！！）”という
　　　　　気分になったことが、最大のポイントでした。
　　　　　　　　　　　　　　　（失語症の改善の、きっかけ）

倒れてから、１年半程度で、スラスラとは喋れませんが、
　　　　　　　　　　　　　言葉も喋れるようになりました。
また、模写をやっていると、たまたま、
　　『そらが、（×ひ×）はれた。』という、平仮名が書けました。
　　　　「よし！　よし！！　万歳！！！」という気分でした。
　　　　　　　　　　　　　　本当の、笑いも、戻りました。
ほぼ同時に、パソコンも出来るようになりました。
　　　　　　　　　　　　　　　　（高次脳機能障害の改善）
歩行は、ヨタヨタではありますが、
　　　　倒れてから、２年３ヶ月程度で、出来るようになりました。
引き算に至っては、倒れてから、約３年、かかって、分かりました。
　　　　　　　　　　　　　　　　　（概略、終わり。）

さて、次のことを、読んで下さい。

①：倒れる→突然、正常に戻る！！
「あり得ない」と、思います。
また、素人が言う。　「脳卒中が、治りました！！」
これも、「あり得ない」と思います。（「脳卒中からの改善　2」参照）
「脳に、どこかしら、損傷が起きている。」と、思います。

②：倒れる　→　一般的に示される、図。
が、「人、それぞれだ！！」と、思います。
一般的に示される図は、「『軽く、すんだ。』の図だ！！」と、思います。

③：倒れる　→　『如何に、早く、回復させるのか？』、
　　　　　　　　『如何に、努力させるのか？』に、
　　　　　　　　　　かかっている、と思います。

入院期間・限度は、おおむね、180日です。
でも、脳卒中の場合は、「入院期間」と、「回復期間」は、別物です。
　　　　　　　　　吉村正夫は、そう、信じています。

私に向かって、『助けて欲しい！！
　　失語症は、半身不随は、高次脳機能障害は、治りますか？』と、
　　　　　　言うのであれば、それは、素人の私には、無理です。

また、「脳卒中が、治りました！！」と言う、素人が居ますが、
　　　　　　そういうことは、医師にしか、権限は、ありません。
"そういう人『も』、居るんだ・・・"と、捉えて下さい。

『改善の可能性は、ある！！』と信じ続けて、やって欲しいです。
（「可能性はある！！」、「諦めては、ダメです！！」等の文言が、
　　幾度も、出て来ますが、重要な、部分です。　ご了承ください。
　　　　　　　　以下、順を追って、読んで下さい。）

脳卒中の概略　　日本における推計

脳卒中に関する解説本は、詳しくは、医学書参照。
　　　　　　　　　または、医師の監修の本。
　　ただし、「すべてが分かる本」とかもありますが、
　　　　　　『すべて』という言葉は、無い（誇大広告）と思います。
　（『すべて』が、書かれていますか？
　　　　私は、消費者庁に手紙を出しましたが、返事は、来ません。）

概略を書きますが、素人の私には、詳しくは、分かりません。
　　　　　　　　（一過性脳虚血発作等も、あるらしいです。）

次の３パターンのみ、書きます。　　よろしくお願いします。

①：血管が破れる→脳出血：
　脳内の血管（動脈）が破れて、出血する。
　　　　　　（私の表現：血管（堰）が、決壊し、出血する。
　　　　　　　　　　私のように、爆発しているように見える物。）
　出血範囲が、５㎝を超えると、手術、不可能、と言う話です。
　他にも、「脳幹に近いので・・・」等、様々なケースがあるそうです。
［注：私の脳細胞は、別紙のとおり、出血した部分のみ、
　　　　　　　　　　脳細胞が、死滅しています。］

②：血管が破れる→くも膜下出血：
　　動脈瘤が破裂して、脳表面と、くも膜の間に、出血する。
　　　　　　　　　　　　（これは、また、破裂の危険があるそうです。）
　　これも、上記に同じく、様々なケースがあるそうです。

③：血管が詰まる→血液の流れが悪くなる→脳梗塞：
　　脳の血管が詰まり、そこから先が血液不足になるため、
　　　　　　　　　　　　　　　　　脳の組織に障害が起きる。
　　　　　　（分類は、まだ、あるそうです。　詳しくは、医学書。）
　　　　　　（私の表現：血が、便秘状態になっている。
　　　　　　　血管（堰）は、まだ、保たれている。　決壊していない。）
　　「小さい物ならば、薬で溶かす方法」等も、あるそうです。
　　これも、上記に同じく、様々なケースがあるそうです。

ですから、様々なケースがありますので、
　　　　　　一概には、「治す、治りました！」ということは、
　　　　　　　　　　　　　　　難しいと、思います。

ある推計の話を、書きます。
　　日本では、脳卒中で、継続的な治療を受けている、と、
　　　　　　　　　　推測される患者数は、約 300 万人という話です。
　　日本では、毎年、約 25 万人の方が、
　　　　　　　　　　　　脳卒中で、倒れている、という話です。

「脳卒中が、治りました！！」と言う、素人が居ますが、
　　　　　　　　『すべての脳卒中患者・症状を、治せますか？』
また、医師等でも、『すべてが分かる本』という物を、
　　　　　　　　　　出している人がいますが、
　　　　　　　　『すべての脳卒中患者・症状を、治せますか？』
　　『無理だ。』と、思います。　振り回されては、ダメです。
脳卒中と言っても、脳の左右でも違うと思いますし、
　　年齢も（若い方から、高齢の方まで）関係するし、
　　　　　　幅が大きい、多種多様だ、と思います。

私の体験をもとにして、書きました。
　　　　　　　人それぞれに、症状は、違います。　お願いします。

また、この本を、参考にされる方には、
　「この本は、相談会（ピア・カウンセリング）としての、
　　役割を果たしてくれるかも。」という程度に、考えて下さい。

　　［ピア・カウンセリングとは？：
　　　　障害のある相談員が、同じ立場で考え相談に乗る。
　　　　　"障害を持つ者のことは、
　　　　　障害を持つ者が一番よく理解できる。"という概念です。］

問題点①：
　「ピア・カウンセリング」と言っても、
　　　"カウンセリング"と言えば、
　　　　　医療行為に考えてしまう方もいるかも知れない。
　　　　　　　　素人の私には、出来ません。

問題点②：
　急性期・回復期・生活期の、患者さん・家族の方々は、
　　　　『治りますか？』ということに、執着している。
　　（これは、もっともな、ことです。　私も、そうでした。）

問題点③：
　急性期、回復期、生活期があり、
　　　　　　　　　　　"ピア・カウンセリング"は、難しい。
　「急性期の方は、急性期の方」なりに、悩んでいる。
　「回復期の方は、回復期の方」なりに、悩んでいる。
　「生活期の方は、生活期の方」なりに、悩んでいる。

　人、それぞれです。　そういうことを踏まえて、
　　　　　"きっと、役に立つ"と思って、本を、書きます。
　　　　　　　　　　参考にして下さい。

補足①：　私は、言いたいです。
　　　　「訓練ばかりが、訓練ではない。」と思います。
　また、**訓練は、20分程度しか、やってくれません。**
　　　　　　　　　（それは、法律上、仕方ないことです。）
　特に、言語訓練を、苦痛に思っている方が、いるかと思います。

患者さん・ご家族の方は、言ってもいい、と思います。
　　　「この様な、訓練 *のみ* で、良くなりますか？
　　　　　　　　自分でやれる、課題・ヒント等を下さい。」
［注：家族の方は、ご本人と共に、
　　　　"私も、言語訓練室に入ってもいいですか？"と言い、
　　　　　　　　　　　　付き添いをやってもいいと、思います。
　　ただし、非常に辛い、現実を、突きつけられるかも、知れません。
　　例えば、言葉も喋れないのに、
　　　言語聴覚士："名前は？　生年月日は？　どうしましたか？"
　　　　（（本人：チクショウ！！　助けてくれ！！！））
　　　　　　　　その時は、補足②、補足③を、読んで下さい。］

補足②：失語症の方。　および、家族の方。
　　言語聴覚士でなくても、環境が、変わりますので、
　　　　　　　　「家族の方で、**自宅でやろう！**」を、勧めます。
　　［注：私の様な、ブローカ失語（運動性失語）では、
　　　　　　"黙っていて、 失語症の回復を望むのは、**難しい"** と、
　　　　　　　　　　　　思います。］　「改訂版　実録」も、参照。

補足③：高次脳機能障害の方。　および、家族の方。
　　　（私がやった例ですが、）
　　　　　　郵便番号も、すぐに忘れてしまい、記憶出来ませんでした。
　　私　：508-？？？？・・・　もう一回、言って！！
　　家族：508-◎◎◎◎だよ！！
　　（何度も、何度も、・・・・・・、繰り返しました。）
　　　　模写も、毎日、毎日、毎日、２時間程度は、やりました。

補足④：ケアマネージャーが、付く（付いた）と思います。
　　　　　経験豊富な、ケアマネージャーが、いいと思います。
　　　　　人伝に、噂（うわさ）を、聞いて見て下さい。
　　私は、素人のようなケアマネを、代えてもらったこともあります。

補足⑤：在宅・施設等を、紹介される（された）、と思います。
　　　　　体は、動かし続けたほうが、いいと思います。
　　　　　散歩することも、大切なことだと思います。

また、特に、言語の施設は、少ない、と思います。
「言語訓練」と言っても、20分程度のことです。
ここをどうするかによって、大きく、変わって行く、と思います。
「何時か、治るだろう・・・」、
「病院等が、治してくれるだろう・・・」という考えは、

止めたほうがいいと、思います。

手鏡を持って口真似の練習、童謡を歌う、模写をする、
散歩する等を、やり続けたほうが、いいと思います。
または、好きなことをやり続けることが、大切だと思います。

補足⑥：介護保険の定義（データーは、2018.12.現在の物です。）
（そこから、派生する、諸々の法律がありますが、
定義を、しっかりと、押さえて下さい。）

「介護サービス（介護予防サービス）が、利用できる人は？

　第1号被保険者
　　・寝たきりや認知症などで常に介護を必要とする状態
　　　（要介護状態）であると、市町村の認定を受けた方。
　　・常時の介護までは必要ないが、家事や身じたくなど、
　　　日常生活に支援が必要な状態（要支援状態）であると、
　　　　　　　　　　　　　　　　市町村の認定を受けた方。

　第2号被保険者
　　・脳血管疾患など老化が原因とされる16種類の病気
　　　（特定疾患）により、要介護状態や要支援状態にあると、
　　　　　　　　　　　　　　　　市町村の認定を受けた方。
　　　（私は、脳内出血ですから、第2号被保険者です。）」

さて、『特定疾患により、要介護状態や要支援状態にある』とは、
何を持って、言うのかが、問題です。

あくまで、私が想像するには、
「障害の手間がかかる（手間時間がかかる）」ことでしょうか？
　　　　（（これは、ケアマネージャーさん等に、聞いて下さい。））
また、介護認定調査の時は、必ず、家族の方に、
立ち会ってもらうべきです。

介護保険について

介護認定調査の時は、ご家族の方が、同席して、
　　“「これ（歩行、手が不自由）は、出来ません。」、
　　「言葉が、不自由です。」、「字が、書けません。」等”のことを、
　　キチンと言って下さい。　そうしないと、曖昧にしておくと、
　　　　　　　　　認定が、そのままになってしまいます。
　“こんな、認定はおかしい！！”と言うことに、なってしまいます。

その時は、ケアマネに、相談して下さい。
　　「不服申立」、「変更申請」という物も、あるそうです。

また、「ありのままの生活を、見せることが、大事だ！」と思います。
　　“調査員が来る！”と言って、
　　片付け物をする・掃除をする・身だしなみを整える等のことは、
　　　　　　　　　　　　　　　　止めたほうがいいと、思います。
　特に、「本人の有り様を見てもらうことが、大事だ！」と思います。
　また、「出来る・出来ないこと」をやる際には、正直に、
　『今から、実際にやりますので、見ていて下さい。』という具合に、
　　　　　　　　　　　　　　　見てもらえれば、いいと思います。

補足⑦：身体障害者手帳について

　私の場合、身体障害者手帳：
　　　　　　　　　　「身体障害者等級表による等級」は、1級です。
（「脳出血による右下肢・右上肢機能の全廃」しか、書かれていません。
　言語の事は、何も書かれていません。
　　　　　　　　　（言語の事は、3悠・4級しか、ありませんが。）
　申請するとき、または、手帳が届いた・交付されたら、
　　　　　　　　　　　　即座に次のことを、確認して下さい。
　言語のことが、書いていなかったら、医師に向かって、
　「この人は、言語が不自由です。　明記して下さい。」と言えば、
　　　　　　　　　　　　　　　　　　いい、と思います。
　　“身体のことがあるから、いいでしょう。”と言われても、
　　　　　　　　　　　　　かたくなに、お願いして下さい。
　（困ったときは、言語聴覚士と、相談して下さい。
　　医師に、権限があります。　言語聴覚士には、権限がありません。）
　　　　　　私は、幸いなことに、喋れるようになりました。
　　　　念のためにも、書いてもらうと、いい、と思います。

補足⑧：同様に、精神障害者（**高次脳機能障害含む**）に対する、
手帳制度もあります。

例えば、ご本人に、絵本を読ませても、
何ら、反応が無い・・・　感情の起伏が、無い。
高次脳機能障害については、「字が書けない」、「感情の起伏が無い」、
「左右の区別が付かない」、「数字の大小の区別が、付かない」、
「家族が笑っているのに、本人のみ、ポカ〜〜〜ンとしている」等、
いろいろあるそうです。

注意障害：ミスが多い、作業が長く続けられない、等
記憶障害：何度も同じことを繰り返し質問する、等
遂行機能障害：物事の優先順位をつけることが出来ない、等
社会的行動障害：子供っぽい、感情を爆発させる、等

そういう時は、「高次脳機能障害」かも、知れません。
家族等の方が、疑念を抱いたら（何か、おかしい・・・）、
恥ずかしがらずに、病院にかかったほうが、いい、と思います。
素人が、"ああだ！　こうだ！"と言っている間に、
時間が、無駄に、過ぎていってしまいます。
必ず、素人では無く、**絶対に、医師**に、相談してください。

また、「失語症です。（と言われ、）精神科に行って下さい。」と
言われたら、（"えっ！！　精神科ですか？！？"ということは
飲みこんで、）一度、受診してみて下さい。
（または、"何故、精神科ですか？　説明して下さい。"と、
お願いすることが、大切だと思います。）
私は素人です。　私は専門家ではありません。　ご了承下さい。

手帳等は、念のためにも、書いてもらうと、いい、
と思います。

"失語症"と、"高次脳機能障害"は、
全く別の物（図①）か、
混在している物（図②）か、
内在している物（図③）かは、私には、分かりません。
一度、受診してみて下さい。
下図、参照。（たぶん、図③かな？、と思います。）

図① 　　　　　　 図② 　　　　　　 図③

［注：言語のこと・失語症だと、“耳鼻咽喉科、神経内科、
　　　リハビリテーション科、脳神経外科、内科”の中で、
　　　　　　都道府県の指定を受けた、医師が書けるそうです。
　　　該当する先生がいない場合は、
　　　　　　他の病院・他の科にかかっても、いいと思います。］

（以下、本文に従って、読んで下さい。）

脳卒中になる。
　　“元通りになりたい！”、“治らないかな・・・”という時間が
　　　あれば、入院中も、何か、やって欲しいです。
　　口真似、模写、散歩、・・・　時間が、勿体ないです。
改善する、可能性がある、と思います。

諦めては、もう、成長は望めません。
　　　　　　どうか、希望を持って、取り組んで欲しいです。

ある方が、言われました。
　　「失語症・半身不随・高次脳機能障害の方は、
　　　　“本当に大変で長く過ごさなければならないのは、
　　　　　　　　日常生活なんです”。」

でも、仮に、言葉が不自由になっても、体が不自由になっても、
「脳卒中からの改善　2」を読んでもらえば、分かると思いますが、
　　　　　　脳卒中の方でも、生き生きと暮らしていらっしゃる方は、
　　　　　　　　　　いっぱい、居られます。

私は、言いたいです。（入院期間・限度は、おおよそ、180 日です。）
　　脳卒中の方は、退院してからが、勝負です。

私も、退院してからが、分かれ道でした。
　　　　　"これでは、ダメだ！！"

私も、今頃、どうなっていたか、分かりません。
　　言葉も恥ずかしくて、喋れなかったかも、
　　　　　　　　　　文字も書けなかったかも、知れません。

脳卒中になったことは、別段、
　　　　　　　　恥ずかしいことでは、ありません。

　"言葉が上手く喋れない・・・"、"上手く歩けない・・・"、
　　　　　　"文字をすぐに忘れてしまう・・・"、等。

あえて、言います。
　　　リハビリ、生活等のことも、頑張って下さい。

皆さんも、何でもいいので、挑戦してみて下さい。
脳卒中になっても、笑顔で生きた証しを、残して欲しいです。

"脳卒中で倒れたので、もう、人生は終わった。"では無く、
「脳卒中で倒れた が、
　　　また、新しい人生の始まりだ！！」と、言って欲しいです。

　　　　　可能性を信じて！！

　　　　　　　　　　　　　　　（注目！！　終）

前書き（総括）

もう一度、言います。

「吉村正夫のように、私も、字が書けるように、なりますか？
　　　　　　　　しゃべれるように、なりますか？
　　　　　　　　歩けるように、なりますか？」

それは、素人の私には、分かりません。
　　　　　　症状は、人、それぞれです。

100人居れば、100通りの症状がある、と思います。
10000人居れば、10000通りの症状がある、と思います。

貴方は、その中で、1人の方です。
貴方は、その中で、改善する、可能性がある方です！！
　　　　　改善しようとする方です！！

決して、諦めては、ダメです！！

　　　　　　　　脳は、生きています。

諦めず（あきらめず）、倦まず（うまず）、弛まず（たゆまず）、
　　　　　　　　　　　　　　　　　　　　やって下さい。
　　　（１１ページ、③のことを、思い出してやって下さい。）

　　　可能性を信じて！！

　　　　　　　　　　　　　　　　　では、読んで下さい。

「手記　こっちに、おいで・・・」の前書き

これは、私が脳卒中で倒れた時から、
　　休職期間中等の、３年半有余の、（一部）復活の、あらすじです。
　　　発症当時、46歳でした。
　　　　　　高校の数学の教員をやっていましたが、退職しました。
　　　　　　　　　　　　　　　　　　　　　　　（概略、参照。）

さて、長い手紙を、書くことにします。
パソコンの練習で、打ち始めた文章です。（左手一本で打ちました。）

私は、いい加減な人間です。　文章の調子に合わせて、読んで下さい。
失語症もあり、多少言い回しも、適切では無いこともあります。
文句もありますし、愚痴も登場します。　けれども、一切、真実です。

医師・リハビリ等への質問は、悪しからずご遠慮下さい。

リハビリの部分は、先生方に、手伝ってもらいましたが、
　　　　私の場合のみの事ですので、他の方が、そのままやっても、
　　　　　どうかと疑問です。　あくまで、手紙・手記です。

私は、ド素人です。　各個人によって、それぞれ、病状は違います。

また、時々、私が思っている、悪い例等が出て来ますが、
　これも、私の感想なので、気に入らない箇所は、省略して下さい。

失語症等の方を、抱えている御家族等の方々。
　　ご本人の気持ちの参考になれば、幸いです。
　　また、脳内出血、脳梗塞等の方々。　励ましになれば幸いです。

高校生の皆さん、リハビリの専門学校、看護学校、医学部等の皆さん。
介護職に就いている皆さん。
また、一般の読者の皆さん。　参考になればと思います。

この話は、亀のような歩みの話です。
　　決して、兎のような歩みの話では、ありません。

　　　　　　　　　　　　　　　　　吉村正夫

[注：この本では、「障害者」という、表記が使ってあります。
　　　　　　　　　　　　　　　　ご了承ください。]

[注：この、文面を読んでいると、
　　　　　さも、すらすら、読んでいる感じがするでしょう？
　　音読は、多少、読めます。　が、自由な会話となると、
　　　　　"私に、お茶を、下さい。"と言うのでも、辛いです。
　　"私が、・・・で、に、・・・お茶、・・・に、は、を下さい。"と、
　　　　　　　　　　　　　言う、感じで、読んで下さい。

また、文体・文章表現等が、おかしいかも知れませんが、
　　　　　　　　　　吉村正夫の感性に従って、書きます。

失語症・高次脳機能障害は難しくて分かりませんが、
　　　　　　　　　　　　何かが、健常者と違います。
　　　　　　　　バラケているほうが、私には読みやすいです。

文字の大きさ、文字のバラケ具合、抑揚等で、表現しました。
　　（「こんな患者もいます」という、一例になれば、幸いです。）]

[注：専門用語が出て来ますが、その部分は、飛ばしてもいいです。
　　　　　　　　　　さして、本文には、影響しません。]

[注：大半、病院・新聞名等の名前は、そのままで書きます。
　　『　』等があると、文章が重いので、略します。　お願いします。]

［注：私の住んでいる場所は、岐阜県中津川市です。（地図、参照。）

また、文中、中津高校という、高校名が、登場します。
これは、昔（明治39年）、中津町というものがあって、
　　　　（故）間杢右衛門氏により、校地校舎を寄付されまた。
　　　　　　　　　　　　　　　　　（中津町立中津高等女学校）
市制改革により、中津川市に変わりましたが、
　そのまま残った校名です。　100年、経った、古い学校です。

なお、かすれている箇所、汚れ等は、
　吉村正夫自身の原稿による物です。　悪しからず、ご了承下さい。］

24

（2007年1月23日、21:00 ぐらいのこと、）　倒れた・・・

本を読んでいた。　突然、頭が痛くなった。

「おーい、おーい・・・」と、2回呼ぶが、誰も来てくれない。
声も、出せない。

（もう、終わりか・・・・・・）

母親が、"今、変な声がしたような気がする。"と、言う。
2階に上ってきた。

後は、記憶がない。

救急車の隊員さんの、微かな記憶が、ある程度。
　　　　　　　　　　　[注：中津川市民病院に、搬送される。]

　　　・・・・・・・・・昏睡・・・・・・・・・

いつごろかは、分からないが、夢を見た。

　　"こっちに、おいで・・・"、と、
　　　　　　　手招きする方が、居る・・・・・・

２週間、寝ていた（そうだ）。

医師が、声を掛けてくる。　「どう？」

　"！＃＄％＆・・・？？？
　＃％‘）＝、～¥・・・？？？
　＠＄＆Ａ、＋＞｝！！！！！"

言葉が出ない。　**失語症**である。　**右半身**も効かない。

泣く。　言葉が出ないから、もう声も出す気力もない。
　　　　　　　　　　　（この辺り、記憶が、曖昧・・・）

夜、起きたとき、看護師の方に、メモを下さい、と、
　　　　　　　　　　　　手振り身振りで、お願いする。
　"（あっ！！　字が、浮かんでこない・・・・・・・・）"
　　　　　　　　　　　　　　　[注：高次脳機能障害]

グチャグチャの落書きが、
　　　今も取ってある。（コピー）

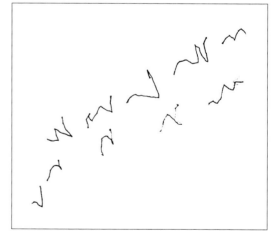

"（もう、終わりかな・・・・・）"

　　[注：私は、右利き。　以後、私の書く文字は、左手で書いた物。]

大勢、お見舞いに来てくれた。
　中津高校の卒業生、近所の人、親類等。

野村（真）、市田、塚本、勝川先生なども、来てくれる。

野村（真）先生が、変な文字を書く。
　"（？・・？？・・・・・）"　（高次脳機能障害）
　　　　　　　　　　　　　　　（2008 年 6 月の稿　参照）

市田先生が、笑う。　　　"何という、漢字だったっけ？"と、笑う。
　"（それでも、書道の先生かよ・・・・・・）"
　　　　[注：意識は朦朧としていたが、聴覚はしっかりしていた。]

　（野村（真）、市田、塚本、勝川先生：いずれも中津高校の同僚。）

ICのDVDとMDをおいていきます。
思ったより元気そうで安心しました。
でも無理しないで、少しずつ、少しずつ。
みんなずっと待ってます。　野村

先生の顔を直接見て やっと安心できました。
絶体対 治ると信じています！　市田

他の先生から 様子を聞いていましたが
実際にお顔を見て 少し ホッとしました。
話せないつらさが よくわかります。たいへん
でしょうが ゆっくり リハビリしてください。
けっして アセらないように…　塚本

思っていた以上に お元気で ほっとしました リハビリは
大変だけれども やれば やった分 よくなることを 信じて
頑張って下さい 先生の頑張りを応援しています
勝川

（家の者が、何でもいいから書いて欲しい、と言って、
　　　　　　　　　　　　　ノートを置いて行ってくれる。）

言語訓練。　先生が、ベッドサイドに、腰を下ろして、・・・
　　記憶に、無い。　　（先生が、いた記憶は、有る。）

んーんーんんんーんーん、んーんーんんんーんー、
　　　・・・・・・・・・・・・・・・・・・・・・・

（ほーたーるの、ひーかーり、まーどーの、ゆーきー、・・・、
　　　　　　　　　　　　　　　　　　と、歌って、いるつもり。）

（中津高校では、もう卒業式かな？）と、思う。

落書き帳を、持ってきてもらう。（当然、言葉は、出ない。）
（記憶に無いけれど、"南無阿弥陀仏"等の、文字もある。）

妹が、髭を剃ってくれる。
母親が、お弁当を持ってくる。　私に付きあって、黙々と食べる。
風呂に、入った。　ストレッチャーに、そのまま入る。　3回かな。

中津川市民病院を、（2007年3月15日）退院（？）。

ストレッチャーのままで、車で移動する。
　"（どこに、行くのだろう？）"

下呂温泉病院に転院。　ストレッチャーに、そのままで、脳の検査。
　　　　　　脳の検査が、終わると、いきなり、車椅子に、座らされた。

リハビリを開始する。

矢野先生の、手の運動、肩の亜脱臼も開始する。
（亜脱臼は、p31 参照。）

リハビリの合間に、話しかけられる。
　"矢野：乗っていた、車の名前は？"
　"私　：？・・・？？・・・？？？・・・"　分からない・・・・・

武田先生の、歩行訓練も開始する。　４点杖も買う。

言語の訓練も開始する。　大島先生の、計算問題。
　３＋２＝？？？・・・　　　　　グチャグチャに、なっている。

大島先生の、助言により、模写も開始。
（当然、手、足、等の簡単の漢字から。　解の公式も、出来ない。
　中津川市民病院で、書いた物は、綺麗サッパリ、忘れている。）

矢野孝久先生：作業療法士（ＯＴ）
（主に、手を使った動作、生活動作。）
武田康裕先生：理学療法士（ＰＴ）（主に、歩行。）
大島いづみ先生：言語聴覚士（ＳＴ）（主に、言語、聴覚、嚥下。）

靴を購入。　布製の靴。　触られると痛い！！　右半身痛い！！

車椅子が、辛い。　朝の、支度も辛い。
洗面台に、顔を上げるのが辛い・・・　小便も、辛い・・・

薬を、大量に渡される。　便秘に、なる。　辛くて、辛くて・・・
（どうも、おかしい・・・
　後日、薬剤師の先生の方と、話をしようとするが、
　　　　　　　　　　　　　言葉が、しゃべれない！！）

風呂が、気持ちいい。　海水パンツで、入る。
下呂温泉病院は、温泉治療で、有名。　初めて、気づいた。
　　　　　　（右脚が、変な格好・・・　右脚のみ、約４５度がに股。）

けれども、全部自分のことは、自分でしなくては、ならない。
　時間がかかる。　脚が組めない、靴下が履けない、等、苦労する。
　ポツン・・・、と、一人取り残されて、淋しい・・・・・・
　　　　　　　　“（治らないかな・・・・・）”と、思う気もする。

“一緒に、話をしよう。”と、同じ病室の方から、誘われる。
　「（私）：＄＆）、＊＠～＝（。　！＃％。」
“全然、分からない。”　・・・・・・　（落ち込む・・・）

（３月ごろ）　（矢野先生）
　ベッドの横で脚を下ろして、座ったままで、何分か保たせる練習。
　トレーナーを脱ぐ、（また、着る）練習、
　　　　　　　　　ズボンの上げ下ろしをする練習、等。）

　亜脱臼をおこしているため、
　　“三角巾をすると、いいですね。”との、アドバイスをうける。

（３月ごろ）　（武田先生）
　４点杖を、使って、歩行訓練。
　パンパンに腫れた右脚を、ハドマーという、機械で治療する。

（３月ごろ）　　（大島先生）
　　毎回、毎回、"今日は３月＄＃日ですね！"と、言っているが、
　　　　　　　　　分からない！！　　すでに、今日の記憶が無い！！

（３月ごろ）　　院内で、音楽のミニコンサートが、開かれる。
　　　　　　　　　"（ギターを、持ちたい！！　歌を、歌いたい！！）"

（４月ごろ）　　車いすで、つかまり立ちをする。
　　　　　　　　　　　２０回が、限度。　　また、脚の装具を、購入。

希望があった。　　復帰、出来るかもしれない。
　　　　　　　　　（けれども、転地治療は、重度の障害の極み。）

（４月半ば）
　　妹が、双子の小学校の入学式のアルバムを持ってくる。

　　"（入学式の記念アルバムなど、もういいよ。）"　　伏せる。

　　このあと、河原に連れてってもらう。　　下呂は、まだ、桜の見頃。
　　甥っ子が車の下に、ゴミを捨てるシーンが、鮮明に記憶している。
　　　　"（ダメ、ダメ！　ダメ！！）"

（このころから、記憶、季節感、時間的感覚が、戻って来た気がする。）

［５月ごろ］　　（矢野先生）
　　利き手の右手が、麻痺しているので、
　　　　　　　　　細かく器用な手作業を、左手で出来る様にする、練習。
　　（と、同時に左手でのマウス操作。）左脚の筋力向上練習（筋トレ）。
　　右腕の関節の曲げ伸ばし範囲を、維持するための運動。
　　　　　　　ないし、右腕の筋肉が短くならないような、ストレッチ。
　　右腕にある麻痺して、ダラーンとした、筋肉の張りを高める運動。

［５月ごろ］　　（武田先生）
　　右脚の、可動域訓練。同時に、右脚の、筋力再教育訓練。
　　てすりを、使った、階段昇降訓練。
　　（辛い！　辛い！！　ひたすらに、辛い！！！
　　　　　　　だって、右脚は、ダラ～～～ンとしたままの、状態。）

［５月ごろ］　（大島先生）
　　口頭指示に従って、物を操作する、訓練。
　　（８〜１０物品中、）１〜３物品を操作。
　（物品が多くなり、操作物品も増えると、
　　　　　　　　　　　　　それだけ複雑になり、難しくなる。）
　　　　　けれども、これが、分からない！！

［５月ごろ］　父親と母親に向かって、
　　　　　"（もう、いいよ。）"と、言う言葉を、しばしば、口に出す。
　　　　　　　（帰って！！！　帰ってよ！！！）

　　妹が、看護師さんに、向かって、
　　　　　"お願いします。　あと、１ヶ月でもお願いします。"と、
　　　　　　　頼み込んでいる、シーンが、目に、焼き付いている。

外泊した折、教え子のＫさんから、たまたま、電話が入る。
　　"（妹）兄は、病気です。"
　「ええー！！！」

中津高校に、顔を出す。
いろんな方が、口々に、"頑張れよ！"と、言ってくれる。
　　　　　"（私）：・・・・・・・・・"

父親が、手を、置く台も、用意してくれる。（台車付き）（写真）
これが、辛くて、辛くて、泣きそうになる。
　（私は右手が、不自由。加えて、手首が変な格好で、曲がっている。
　　　　　　　　　　　　　しかも、小指も・・・・・・）

①　　　　　　　②

③

33

［6月ごろ］ 卒業生が、色紙（寄せ書き）を、持って来てくれる。
　　これには、感動した。　また、気持ちが、湧いてくる。

また、洞田先生から、手紙が来る。
　　"・・・職員室で、怒鳴り声を出していた先生。
　　　　雪の降った朝、雪かきをしていた先生。・・・"等の、
　　　　　　文言が、並んでいた。　また、気持ちが、湧いてくる。
　　（洞田和園先生：元同僚。
　　　　　　　手記の題字を書いていただいた、先生。）

国語辞典も置いてもらう。
　（字面は、分かる！　行間が、飛んでしまう。読みづらい。）
　　　　しかも、言葉が出ない！　（どうしてなんだ！！！）

また、模写に熱が、入る。
　絵、図も描いたが、
　　　　時計の図は、変。

(0,1,2,(3),4・・・、とあるが、
　いきなり、22に飛ぶ！)

妹が、腕の装具を、作って来てくれる。　非常に重宝する。
　　　　　　　　　　　（写真は、8月の稿参照。）

また、5階の歩行訓練。（4点杖、半周。）
　　　　　　看護師さんが、付き添ってくれる。

［6月ごろ］　（大島先生）　　（下の物は、カード式になっている。）

口真似が、気に入った。　口の形を、真似をする。
　非常に参考になった。　あいさつ、"リハビリ"、"暑い"、
　　　　　　　　　"寒い"、"痛い"、"すみません"、等。

相向かいになって、やる。　ゆっくり！！
　　　　　　　　　　（リ・・・ハ・・・ビ・・・リ）
5〜10回、ハッキリ、やる。（イメージ図　次ページ）

　呼称。　（物品の名前を、言うこと）の、訓練。
　書称。　（物品の名前を、書くこと）の、訓練。

　　　笑顔が、少し、元気になってくる。　（まだまだ・・・）

「

［6月ごろ］　（矢野先生）
　ベッドの縁を座った状態で、ずって行く方法も、教えてくれる。

［6月ごろ］　（武田先生）
　T字杖を、使って、歩行訓練。
　階段昇降訓練（4点杖→T字杖）　立位での、バランス訓練。
　　　　　　　（辛い！　辛い！！　ひたすらに、辛い！！！）

［7月ごろ］　初めて、外に出る。　看護師、付き添い。
　　　　　　　病院の近くを歩く。　怖い！！　特に、スロープ。

［７月ごろ］　（矢野先生）
　　お手玉を、持ち上げる訓練は、辛い。

［７月ごろ］　（武田先生）
　　"最後に、寝ころんだ状態から、立ってください。
　　　　無論、何でも、いいです。掴まっても、いいです。
　　　　ベッド、箱、・・・等、やってみなさい。
　　　　（と、同時に、床に座る訓練。）"　これには、苦労する。

［７月ごろ］　最後のテスト。　大島先生が、言った。
　　大島：覚えている、動物の名前を言ってください。
　　　　　　制限時間は、１分です。
　　　私　：い、ぬ。　・・・・・・ね、こ。・・・・・・さ、る。
　　　　　　・・・・・・く、ま。・・・・・・・・・・し、か。"

　　おお！　素晴らしい！！　喜ぶ！！！
　　　　　　　　　　　　　　　あとの、テストは、サッパリ。

[注：他のテストの結果。（大島先生　談。）
　　　　聞く理解、読む理解、話し言葉の理解と、動詞の出てくる頻度、
　　　　漢字・単語の書字、計算など、全体的に、改善が認められる。]

　　　けれど、やっぱり、サッパリ。　実感が、無い・・・・・

(((７月２２日　あと、３年間の休職の辞令が届く。　毎年、更新。)))

［８月ごろ］
　　大島先生。　言語の訓練。
　　高校入試の問題集を、持って来てくれる。
　　　　　　　　　　　　　　でも、サッパリ、・・・・・・

　　武田先生の訓練も、あいも変わらず、続いている。

矢野先生。
　風呂に入る、練習も行う。

　家の改修や、
　　必要な、福祉用具の提案。

　「箸ぞうくん」と、
　　いう名前の箸を
　　　　勧めてくれる。
　（有限会社　ウインド）

花火大会を、見せてくれる、介護助手さん。
　　　　　　　　　　　でも、怖い！！　窓際が、怖い！！

　寄せ書きを見て、
　　　　“ふ～～～ん、いい先生なんだ。”と、介護助手さん。

　退院する直前。
　介護助手さんが、病院の周りを車椅子で、
　　　　　　　　　　散歩に連れ出してくれる。　いい思い出。

薬を、出してもらう。（手記で、必要な部分のみ、取り上げます。）
　デパケンR錠　　　パントシン散 200mg／G　酸化マグネシウム
　　（パントシン散 200mg／Gと、酸化マグネシウムは、混合。）

先生らと、記念に、写真を撮る。

矢野先生

武田先生

大島先生

矢野先生から、手紙をいただく。

（なんじゃこれは・・・、もう、ダメか・・・・・・・・）

大島先生、矢野先生、武田先生等の方々の、お世話になった。
　　　　　　　　　　　　　（2007 年 8 月 25 日で、）退院。

[注：この頃、家族が、
　　　　身体障害者手帳を申請してくれたそうですが、
　　　　　　　失語症・高次脳機能障害については、
　　　　　　　　　　　気が付かなかったそうです。
　　読者の皆さん。　気を付けて下さい。　17、18 ページ、参照。]

（家での様子。）

朝、起きると、必ず、右手がピーーーッ、となっている。
　　　　　　（すぐに、また、ギュッ、と、締まってしまう・・・）

カーテンの開け閉めを、手伝う。（脚が、不自由。　４点杖使用。）
　　立ったままでは、体の向きも変えられない・・・・・

また、模写を始める。　　　　　　　　（やることが、無い・・・）
新聞のクイズ等も、応募する。　　　　（やることが、無い・・・
　　　　　　　　　　　　　　　　　　　表書きは、模写をする。）
宝くじ：ロト６を、購入し始める。　　（やることが、無い・・・）

母親が、毎日、「柿渋」を、飲ませてくれる。
“（母親）血圧が、下がるよ。”
　　　　　　　　　「柿しぶエキス　名称　柿渋　（株）三桝嘉七商店」

近くの小学校へ、散歩に出かける。（４点杖使用。）
　　父親に、車で連れて、行ってもらう（９月〜１０月のみ）。
　　１回、２０〜３０分程度。　距離にして、５０ｍ程度。

［９月］　中津川市民病院、週一回のリハビリ。（９月の稿、重複。）
　　“一ヶ月で中津川市民病院は、終わりです。”と、告げられた。

記憶に残っていることは、歩行訓練で、装具なしで歩いたこと。
　　　　　　　　　　　　　　　５ｍほど。　嬉しかった。

それから、指が広がったこと。　けれど、また、すぐにダメ。
だって、繰り返して、行うことが、意味があるので、
　　　　　　　一ヶ月足らずで、結果を求めては、・・・・・・

言語訓練は、・・・　ツマラナイ・・・・・
“あ〜〜〜、お〜〜〜、
　　　あ〜〜〜あ〜〜あ〜〜〜あ〜〜〜”と、いった感じで、
　　　　　　　意味がない。（言葉を喋らない。）　等。

発声訓練？？？　違う！！
　　言語訓練を、やりたかった！！！

（もともと、声は、出た！！！
　　よもや、２月に入院したとき、発声訓練を、やっていた？？？）
　　　　　　　　　　　・・・・・・・・（落ち込んだ）

主治医の先生も代わっていた。（２人目）　薬は減った。（略）

教え子Ｋさんから、退院の祝いの手紙が来る。
パソコンで、返事を書こうとする。

配列が、メチャクチャ。（高次脳機能障害）
パソコンを閉じる。　・・・　　　　（落ち込む・・・）

［2007年９月〜］（重複）
　デイサービスセンター：「シクラメン」に通い始める。（週３回。）
　最初、いきなり、土間で転んだ。　骨折などせず、運が、良かった。

　介護士さんが、"握り"を、作ってくれた。
　　（ギュッと握りしめたままの状態を、
　　　　少しでも、良くするための、予防。）

自主訓練も、続いている。（シクラメンは、主に、歩行訓練。）
下呂温泉病院でもらった、プリントは、続けているが、
　　　　　　　　　　　　　　こんな事が役に立つのか？　疑問。
　　（あとで、私が取り組んでいる、運動の写真を載せます。）

「シクラメン」のみんなも、
　　　　　私が、ちょっとでも、手、脚等に、触れると、
　　　　　　"痛い！！！"と、言うので、困り果てている。

原先生に、"（私は、４点杖が、いい。）"と、申し出る。

特に、私は、右脚の人差し指、中指が、曲がっている。（写真）
　　　原先生は、困った顔をしている。
　　　　　　　　　（原　司先生：「シクラメン」の理学療法士。）

（また、図は、膝の様子。
　　　私は、カクン、カクン、・・・と、膝が折れていた。
　　　　　　だから、どうやって、治すかを、議論した様子。）

［１０月］　恵那市の介護老人保健施設：「こころ」に、通い始める。
　　　（変更　「こころ」：週１回。　　「シクラメン」：週２回。）
　　　やっと、言語のリハビリの場所が見つかった。
　　　　　　　　　　　　　　　（「こころ」は、主に言語訓練。）

　　が、・・・　ツマラナイ・・・・・・
　　（「シクラメン」も、「こころ」も、単一のリハビリのみ。
　　　　　　　　　　　　　　　　　　　　　　　　　　　２０分程度。）

「シクラメン」、「こころ」は、遊びのためにある？、と、気がする。

時間がない。　　けれど、どうしたら良いのか分からない。
風船ゲーム、切り絵、等・・・・・・
　　　　　　　　　　　　・・・・・・（落ち込む）　　　　　自暴自棄かな？

新聞の「おくやみ」の、欄が気になる。
　　　　　（いったい、私の人生は、どうなってしまうのか・・・）

テレビを、ぼーーー、と、見る。　毎日、毎日、・・・・・、見る。
卒業生に頂いた、色紙も、ジーーーと、見つめる。

［１０月］　言語治療室で、いきなり歌を、歌う。

　　　"うーさーぎー、おーいーしー、かーのーやーまー、
　　　こーぶーなー、つーりーしー、・・・・・・"

（悔しい！！）
　　　　　　このまま、終わるのかなー、と思ったら、泣けてきた。

[注：歌は、歌えた。（一寸、曖昧な部分が、あった。）
　　　けれども、言葉が、出ない。　会話が、出来ない。
　　　音楽と言語は、違う。　失語症については、本書、8,9、参照。]

が、　「悔しい！！」と、思い、
　　　　テレビの前で字幕を読む（と、同時に）、言葉に出す、
　　　　　　　練習をやる。（早くてついて行けないけれど・・・）

（例：「ウサギは、全身が・・・」と、言う字幕があるとする。
　　　　"・・・あ・・・う・・・さ・・・さ、ぐ・・・"
　　　　　（字幕が次へ移動）といった調子で、全然進まない。
　　　　　　　　　　　　　　　　　　　けれども、やる！！）

以後、レクリエーションの時間は、カット。　特に、模写で過ごす。

このころから、風呂にはいる時、また、歩行訓練の時、脚が、
　　　　　　　　　　　ますます、痛くなって、堪らなくなって来た。
「（絨毯が、）痛い。」と、言ったことがある。

　原先生が、非常に、困った顔をしているのが、印象的。
　　　　　　　　　エアロバイクも漕げない、歩行もダメ・・・

この頃から、エレベーターの訓練をやる。
　　　　　　　　　　ボタン操作が、分からない！
　　　　　（老人施設では、操作が複雑になっている。
　　　　　　　　　　　認知症の方も、おられるためです。）

［１１月］　（「シクラメン」：週１回。　「こころ」：週２回。）

　　「こころ」で、助詞の練習をやるが・・・

　　　　例：「ご飯｛を｝、食べる。」、等。
　　　　　　　（だが、私は、助詞が、入っていないので、サッパリ！！

　　　　ラジオ｛と｝、聞く　・・・？？？
　　　　お茶｛に｝、煎れる　・・・？？？
　　　　お母さん＋｛へ｝＋海＋｛と｝＋行く　・・・？？？？？

　　　[注：また、言語訓練で、塗り絵をやらされたが、無駄だった。
　　　　本書の「改訂版　実録　失語症の改善記録・訓練帳」を、
　　　　　　　　　　　　　　　　　　　　　　　読んで下さい。]

何時か忘れたけど、本を模写していると、
伴さんに、
　“必ず、努力が実るよ！”と、
　　　　　　　　　　言われて、嬉しかった。

　　伴さんも、もう居ない。
　　　　　　　合掌　（99歳　2008/1　死去）
　　　（伴さん：「シクラメン」の利用者さん。）

文字の意味は、分かる。　けれども、言葉が出ない。
　あ、い、う、・・・の文字も、書けない。
　　　　　　　　　　　（だって、やることが無い・・・・・・）
約２時間かけて、コラムの一節模写。　けれども、やる。

（私は、これで救われた部分が、多分にある。
　特に、毎日、毎日、毎日、
　　脳に刺激を、与え続ける事が、良かった！！
　　　　　　　　　　　　　（脳の活性化！）

44

(また、日記（当然模写）を付けた！

　　　　　　　　日付は、直ぐに忘れてしまうが。）

　　　　　　　模写は、中日新聞の「中日春秋」の、一節。

（方法論としては、

　　　主に、**口真似、模写**の、２点により、

　　　　　　　　　　　私は大きく、改善した。

　　　他にもやることはあります。　文章を追って下さい。）

また、野村（真）先生が、書いてくれた物は、"五十音表"と、

　　　　　分かったが、数字が記入されていることが、疑問・・・

［１２月下旬］　妹が、３人の子供を連れて、来る。

　　　　　　"おじちゃん。　誕生日、おめでとう。"

　　　　　　　　　　これには、泣けた。　４７歳。

［１２月下旬］　中津高校の同僚が、食事に、誘ってくれる。

　　　　　　初めての、外出。　勇気が、出た。

２００８年

［１月］　収支の表を、義理の弟に作ってもらう。
　　　　　　数字だけしか、打てない。

	収入	支出		
1/1		15000	-15000	お
1/2		950	-15950	と
1/5		19315	-35265	こ
1/7		6362	-41627	し

［１月］　倒れたことの、通知文を出す。　　（妹に、打ってもらう。）

［2008年１月２３日］　倒れてから、まる、一年経過。

［２月］　遠方の方々から、手紙が、来る。
　　　　　　バレンタインの、チョコレートも、来る。

　特に、佐橋忠浩君（教え子　中日新聞社勤務）からの、
　　　　　　　　　　　切り抜きの記事は、勇気が湧いた。
　　　　　　（次ページ。　中日新聞：2008/1/27付け）

　岩本先生が、小学校１年生算数ソフトを、持って来てくれる。
　　　　興味が湧いた。　けれども、＋、－が、分からない！！
　　　　　　　　　　　　特に、－が、分からない！！
　　　　（これを、失計算という。　高次脳機能障害）
　　　　　　　　　　（岩本先生：中津高校の同僚。）

［２月］　受診　　私　：“（別に・・・）”と、答える。
　　　　　　　　　医師：また、来てください。
　　　　　　　　　　　　　　　（落ち込む・・・・・・・・）

名古屋市南区 **清水　恭治さん(61)**

「パソコンのリハビリ効果は高いと思った」

脳卒中回復願い講師

あんこ〜る

「あせらなくても、ゆっくりでいいから」

名古屋市中村区で、脳卒中の後遺症が残る人たちが運営する喫茶店型の小規模作業所「ドリーム」。週一回、利用者がゆっくりとキーボードをたたく音が響く。リハビリ目的のパソコン講座の講師を任されたのは昨年二月。その三年前、自らも脳卒中で倒れた。かつて描いた第二の人生とはだいぶ違うものの、「自分にできることを、とにかくしたい」。同じ病にかかった人の回復を願う。

大学卒業後、東京都内のコンピューター製造会社に就職した。まだコンピューターが珍しかった時代。その性能や仕組みを理解し、「最低でも一台一億円」という商品を国内各地の大企業にセールスして回った。

「のんびりしたい」と、五十歳を過ぎて退職した。コンピューターは企業から家庭へ。時代の変化を感じつつ、イメージした第二の人生は旅行や温泉めぐり、読書…。多忙な営業マンでは味わえなかった楽しみ

を言葉として表現できず、首を縦や横に振るだけ。見た物の名前が頭に置き換えることができない。食事がないほど回復し、平仮名でも、平仮名に漢字で浮かんでも、平仮名に置き換えらで制作する情報誌の編集にも携わった。パソコン講座の講師を依頼されると、自

が、次々に浮かんだ。

暗転したのは、二〇〇三年三月。自宅で

脳卒中で倒れ入院した。意識が戻ると、体に異変が。

一年ほどの入院生活から打つのに一時間かかった。今、生徒は二人。自分が経験したように、名前を入れてもらったり、絵の登場人物の動作を表現しても力になってもらったり。生徒の指が止まっても、せかさない。「普通の人は『何でできない』と思うかもしれない。でも僕は経験者だから、何に困っているか分かる」と、常に相手の立場を思う。

もちろん、大病を患ったショックは消えていない。そして、再発の不安も。

「病気はどうしようもないし、自分はできることが限られている。そんな中、(生徒に)喜んでもらえると、とてもやりがいを感じる」。生徒がうまく入力すると、思わず「調子いいじゃないですか。目が輝く。

に就職した。まだコンピューターが珍しかった時代。その性能や仕組みを理解し、「最低でも一台一億円」という商品を国内各地の大企業にセールスして回った。

入院から四カ月後、然と頭の中で漢字を平仮名リハビリでパソコンを始めた。自分の名前の入力から始め、短い文章を表す訓練を使うし、手も動かすのでリハビリ効果は高いと思う」と引き受けた。

日常会話に目立った支障つつ、何を食べたかすぐに忘れる。失語症で、右半身にも麻痺が残った。相手の話を理解しても返答者になった。徒歩とバスで場人物の動作を表現しても通い、大勢と会話することがリハビリになると思いうる。

然と頭の中で漢字を平仮名に変換し、その逆もする。断定できないけど、常に頭

「パソコンに向かうと、自

何が何だか分からなか

（藤沢有哉）

人生劇場 三塁打編

リハビリ目的のパソコン講座で講師を務めている清水恭治さん＝名古屋市中村区の「ドリーム」で

佐橋忠浩君（教え子。中日新聞社勤務）が、送ってくれた、

『中日新聞』記事より　（2008/1/27付け）

［2月］　元同僚の電話に出る。　緊張する。　一年ぶりの電話。
　　　　"あー、えー、うー、うん。"と、言うしかない。
　　　　　　　　　　　　　　　　　　悲しい・・・・・・
（相手が居ると、身振り等で話せるが、電話口では、話せない！）

［2008年2月］　　（これでは、ダメだ！！）

　　リハビリの回数を、週4回（「こころ」：3回（言語訓練のみ）、
　　　　　　「シクラメン」：1回にして欲しい、と頼む。

［3月］　矢頭さんは、
　　　　"体の機能訓練は、どうするの？"と言うが、言語が大切。
　　　　　　　　　　　　　（矢頭さん：「こころ」の相談員）

　　音読の練習、理解力テキスト、開始。
　　　　「小学1年の文章読解　学研版　毎日のドリル」

　　"か、か、か、か、か、・・・（カバが、います。）"と、
　　　　　　　言った感じで、音読は、ちっとも、進まない。

　　利用者さん等の、前でも、ひたすら、
　　　　　　　　　言葉に出す練習を、繰り返す。
　　　恥ずかしがっては、いられない！！

［3月］　安田さん（88歳）から、鬼グルミをもらう。
（安田さんは、ギャリ！、ギャリ！、という感じで、握っていた。）

　　　　"痛いから、大丈夫！！"と、言ってもらう。

　　神経が生きている証拠、と言われた。
　　神経が伸びていく、と、言う話も聞いた。
　　　　　　安田さんも、脳の病気に、なられたそうです。

　　「もう、ダメだ・・・」、と言ったら、ダメになる。
　　「これは、いけるぞ！！」、と、言う気分になれば、大丈夫！！
　　　　豆を挟む話、立ち小便の話、等色々聞かせてもらう。（昔の話。）

48

安田さんは、こういう、格好で話してくれた。（イメージ図）
　（安田さんは、当初、右手が折りたたんでしまっていたそうだ。）

　　　　安田さんの御陰。　　何より、一本、線が、通った気がする。
　　　　　　　　　（安田さん：「シクラメン」の利用者さん。）

　庭の散歩にも、出かけるようになった。
（「ぶん回し歩行」ではあるが。
　　　　　　　　　「ぶん回し歩行」にいては、後述します。）
　４点杖も、止めた。　（階段は、依然、ダメ！）
　腕の装具も、外した。

　下呂温泉病院でくれたプリントにも、俄然、熱が入った。
　メキメキと、良くなっていく。　　特に、右手の平。
　（ギュッと、握りしめたままであったのが、鬼グルミの御陰で
　　　徐々に、半開きの状態になる。　　指は、全然、動かないが。）

　腕は、まだ。　　右脚を、引きずっているも、まだ。
　　　　（痛いから、大丈夫！！　　・・・、という、呪文になる。）

［３月］　妹が、一件の用事も、10分もの電話の練習に、
　　　　　　　　　　　　　　　　　付き合ってくれる。

［３月］　手が、ピクピク動く。　　特に、中指、薬指。
　　これは、いけるかなー、と、職員に、手伝ってもらう。
　　　と、思いきや、"（矢頭さん）吉村さん！　これは、禁止！！"
　　　　　　　　　　　　　　　・・・・・・（落ち込む）
　（これは、仕方がないことです。
　　　　介護職は、介護の手伝いはしても良いが、
　　　　　　　　　　　リハビリの手伝いは、ダメです！）

［３月〜］　九九を、声に、出して言う練習。
　　　　　　　が、口が、回らないため、ダメ！　母親と、喧嘩する。
　　　　　　（母親）：ハッサン、ニジュウヨン。
　　　　　　　"私：（違う！！　ハチサン、ニジュウヨン！）"

　後日、妹が九九のＣＤを、買ってくれるが、・・・・・・
　　　　　　　　　　　　　　　　　　早くて、付いていけない！

［３月］　中津高校の、卒業生が来てくれる。
　看護の試験が受かったよ、大学が受かったよ、等、嬉しい話。

　また、バレー部のみんなが、
　　"先生！　卒業の記念で、ＯＢ戦をやりたい！"と、言ってくる。
　　　　　　勇気を、出して、行ってみる。　整列！
　　けれども、"言葉が出ない。"、
　　　　　　"頑張って！"と、言うのが、精一杯。

［４月］　教え子のＴさんから、お見舞いの電話が来る。
　　　　　「いいよ、いいよ」と、繰り返して、
　　　　　　　　　私からの電話を繋ぐ。　嬉しかった。

［４月］　立方体の透視図が、出来た！　職員に自慢げに、見せて回る。
　　　　　　　　　　　　　　　　（高次脳機能障害の改善）

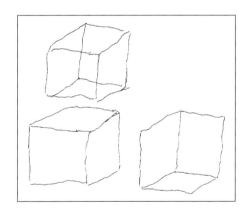

［４月〜］　無謀にも、小学校５年生の算数の問題集を、買い込む。
　　　　　　　が、・・・　全然、分からない・・・

［4月〜］　"あ、い、う、え、お、か、き、く、け、こ、
　　　　　さ、し、す、せ、そ、な、に、ぬ、ね、の、・・・"
　　　　　音を探す事が、始まる。　出だしの音が、探せない。
　　　　　　　　（私は、タ行が、出なかった。）

［4月〜］　本も、大半、捨てる。　手紙も、大半、捨てる。
　　　　　アルバム等も捨てる。　どうせ、一度は、無くした命。

　車は売った。　どうせ、乗れないし。　車の名前は、ステージア。

［5月］　前橋先生（元同僚）が、
　　　　　　付知の「森の市」に、連れて行ってくれる。

　スタジオNAOの、早川直彦さん等とも、話す。　けれども、
　　　"あの・・・、その・・・、ケヤキ・・・、
　　　　違う！、それ！！（言いたいことが、喋れない！！）"と
　　　　　　　　　　いう調子で、ちっとも、話が、進まない。

［5月］　中津高校に、復帰の意向を、伝える。
　　　"ぜひ（お願いします）、ぜひ（お願いします）、
　　　　ぜひ（お願いします）、ぜひ・・・、・・・・・・"
　　　　　　　　　　　　　　（言葉にならない・・・）

［5月］　何を思いついたか、突然、新聞の記事が目に、入った。
　　　　　　　　　　（小学校4年生〜中学校1年生程度。）
　　"（解けるぞ！　あやふやな所も、あるけれど、解けるぞ！！）"

［５月］　「野村先生、（亜脱臼は、治らないかな？）」と、私が聞く。
　　　　“治るよ！”と、言う返事。　　嬉しい！！
　　　　“亜脱臼は、腱の動きなので治るよ！
　　　　　　　　　　　　　　　多くの方は、治るよ！！”
　　　　　　　　　　（野村正成先生：「シクラメン」の理学療法士。）

　　　右手の運動、開始する。　（写真）
　　　　　　右手首は、曲げてあります。　（肘は、伸ばす！）

ベッドに寝込んでは、ダメです。
　　筋肉の緊張が、ゆるんでしまう！！

右肩が、ガクンと、下がっているでしょう。　　これが、亜脱臼。
　　　　　　　　　　　（左肩は、なだらかになっている。）

　　　　　　（片腕の重さは、約５kg。
　　　　　　　　　これが、垂れ下がっていることと、同じ！）

　　　筋肉が緩んでいる→
　　　　　　腕の骨がお皿から離れ、ボールが収まっていない状態。
　　　　　　　　　　　　　　　　　　これが、亜脱臼。

[注：筋肉の促通（そくつう）刺激を加えることで、
　　　　　　緊張し、徐々に亜脱臼が改善する、可能性がある。
　　　廃用性症候群（使わずに、衰えていく）と、
　　　過用性症候群（使いすぎて、衰えていく）があり、
　　　　　どっちも、どっち。　詳しくは、リハビリの先生に。]

　矢頭さん。　"吉村さんは、アンテナが、張り巡らしてある。"

[2008年6月]　「そらが、はれた。」　感動！！

突然、閃いた！！（ひらめいた！！）
　　　　　　分かったぞ！！　助詞の、使い方が、分かったぞ！！
　　　　　　「よし！　よし！！　万歳！！！」

　模写を、やっている時、
　　　　突然、「そらが、（×ひ×）はれた。」という、
　　　　　　　文字（平仮名、助詞）が、模写ではなく、
　　　　　　　　　　　思い通りに、書けた！

　模写は、中日新聞の「中日春秋」の一節。
　　　　　　　　　（下線部は、音読練習をやっていた物。）

このころから、メキメキと言葉が、良くなっていく。
日常会話を、少しずつ、成立していく。　笑いも、増えていく。

　また、シクラメンでのエレベーターの訓練も、分かった。
　模写は、終了。（この頃から、理解力も、まあまあに、なった。）

［6月］　「ワッハッハッー、オッカシイ！！」と、
　　　　　　　　　　　　　　　　笑っていた、看護師さん。

　私が風呂に入る時、
　“よっこらしょっ、どっこいしょっ。”と、かけ声を、掛けていた。

　　　　　　　　　　　笑われても、また、それが、いい薬。

［6月］
　また、閃いた！！
　パソコンの配列が、分かった！　ローマ字変換（別紙）

　　“A、I、U、E、O（母音）”と、
　　“K、S、T、・・・（子音）”との、
　　　　　　　　　　　組み合わせで、出来る事が分かった！

また、野村（真）先生の、言っている意味が、やっと分かった！！
　　　　　ローマ字の五十音表！　行列で、あることが分かった！
　　　　　　　　　　　　　　　　　　　　　　　　（高校2年生程度）

（ローマ字入力ならば、（基本手には、）15個で済む。
　　　　　　　　　　　　あとは、組み合わせ。
　　　　詳細は、パソコン等の説明書を、読んで下さい。）

（後日、父親に、ぱ、きゃ、ぴゃ、等の表を、作ってもらう。
　　いらっしゃい（I　RRA　SHA　I）、
　　　　　本当に（HO　NN　TO　U　NI）
　　　　　　　ありがとう（A　RI　GA　TO　U）、等）

10	9	8	7	6	5	4	3	2	1	
わ	ら	や	ま	は	な	た	さ	か	あ	①
	り		み	ひ	に	ち	し	き	い	②
を	る	ゆ	む	ふ	ぬ	つ	す	く	う	③
	れ		め	へ	ね	て	せ	け	え	④
ん	ろ	よ	も	ほ	の	と	そ	こ	お	⑤

野村（真）先生が、書いてくれた、平仮名の五十音表。

ん NN	わ WA	ら RA	や YA	ま MA	は HA	な NA	た TA	さ SA	か KA	あ A
		り RI		み MI	ひ HI	に NI	ち TI	し SI	き KI	い I
		る RU	ゆ YU	む MU	ふ HU	ぬ NU	つ TU	す SU	く KU	う U
		れ RE		め ME	へ HE	ね NE	て TE	せ SE	け KE	え E
	を WO	ろ RO	よ YO	も MO	ほ HO	の NO	と TO	そ SO	こ KO	お O

ローマ字の五十音表

りゃ RYA	びゃ BYA	ちゃ TYA	しゃ SYA	きゃ KYA	ば BA	だ DA	ざ ZA	が GA	ぱ PA
りゅ RYU	びゅ BYU	ちゅ TYU	しゅ SYU	きゅ KYU	び BI	ぢ DI	じ ZI	ぎ GI	ぴ PI
りょ RYO	びょ BYO	ちょ TYO	しょ SYO	きょ KYO	ぶ BU	づ DU	ず ZU	ぐ GU	ぷ PU
じゃ JIYA	ぴゃ PYA				べ BE	で DE	ぜ ZE	げ GE	ぺ PE
じゅ JIYU	ぴゅ PYU				ぼ BO	ど DO	ぞ ZO	ご GO	ぽ PO
じょ JIYO	ぴょ PYO								

（ローマ字の、きゃ、きゅ、きょ、等の表。）

［６月］　受診：庭での散歩で、休み休みではあるが、２時間程歩いた。
　　　　　　　　（左手で支えて、）　右手がよく動くようになった。
　　　　　　　　　　　　　　　　　　　　（肩が動かない。）　等。

　便秘薬は、もう、とうの昔に、止めた。
（パントシン散　酸化マグネシウム）混合）　薬が合わない！　内緒！
（薬に関しては、医師・薬剤師と、良く、相談して下さい。）

私は、間食はしない、毎食約30分かけて食べる等を、やっている。
　　　　　　　　　　　　　　　　　　　　　食事も、運動！

また、次のような、運動もやっている。　（写真）
　ブリッジをしたままで、　（ジーと、したままで、連続ではなく、）
　　　　　　　　　腰を、10秒間程度、保つ。　腹筋では無い！
　　　　　　　　　　　　　10回程度、繰り返す。

　　（朝起きて、まずは、氷水を飲むと良い、と言われる方も。）

［７月］　近所の小学校に、朝の５時くらいから、
　　　　　　　　散歩に出かけるようになった。　（１点杖使用）
　　　　　　（痛いから、大丈夫！、　痛いから、大丈夫！・・・）
　　ズルー、ズルー、ズルーと、引っ張るような、歩き方をしている。
　　　でも、歩くことで、ポンポンに腫れていたむくみが、とれた。
　　（まだ痛い。　ふともも、ふくらはぎ、茶碗、水等に触る時。
　　異常感覚といって、自分で触ると痛くない。　猫の毛も、痛い！
　　右の靴も、痛くて、履けない！！　サンダルを、履いている。
　　　また、右の胴体は、まるで、空洞のような感覚です・・・）

　また、"イチ、ニ、サン、・・・・・、ジュウ"の、
　　　　　　　　　　　　　　声も出して、行く。

音読練習：「小学２年の文章読解　学研版　毎日のドリル」に入る。

また、初めて、一人で風呂に入る。　けれども、やっぱり、不自由。

［2008 年 8 月 1 7 日］
　原先生が、
　　　　“（手書きでは無く、）パソコンを、使ってはどう？”と、
　　　　　　　　　　　　　　　　　　　　　　　　　言ってくれた。

て、に、を、は、の等の、言葉も、少しずつ打てるようになった。

初めて、打った文章。（時間がかかる。　　高次脳機能障害）

ありがとう

　　赤色のペンキを塗る　　　　　　　杖にすがって登る
　　カメラをにこにこと写す　　　　　習字の練習を行う

［8 月］　前橋先生が、長野県上松に、
　　　　　　　　　　　連れて行ってくれた。
　そこで、今井さんが、
　　“2 年あれば、治るよ！”と、
　　　　　　　　　　　　言ってくれた。

（今井さん。　　猟師さん。）

今井さん

（私のポケットを見て欲しい。
　　6 ～ 8 月頃は、ポケットに手を突っ込んでいた。）

［9 月］　解の公式が、導けた！！（高校生 1 年生程度。）

　看護師さん：これ、知ってる！　解の公式！！
　矢頭さん：学校、休んでいたかな？
　　私　　：そんなこと無いよ！
　　　　　　　　　　（矢頭さんは、中津高校の出身でしょ！）

［注：この時は、「閃いた！」では無く、
　　　“入道雲が、むくむく、湧き上がって来た！！”という、
　　　　　　　　　　　　　　　　　　　　感じだった。］

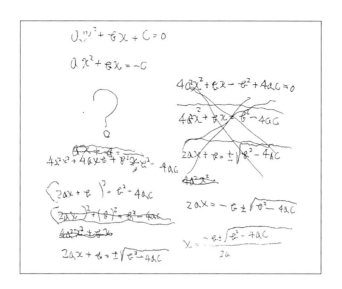

［9月］　初めて、手紙を、
　　　　　パソコンで書く。

約30枚程度。
　時間が、かかる。
　　　　（高次脳機能障害）
　表書きは、模写した。

倒れてから、初めて、
　　　いろんな方に、
　　発信できた手紙。
　しかも、複数の人に！

やっと、通信の手段が、
　　出来るようになった。

　　　　嬉しかった。

（ワープロとありますが、
　　パソコンの間違いです。）

秋晴れです
おひさしぶりです
先日は、色々とありがとうございました
私は、ワープロが少し、打てて、喜んでいます
まだまだ時間がかかりますが、頑張っていきます
短い文章ですみません

　　　　　　吉村　正夫

後日、教え子のKさんから、手紙が来る。

> おひさしぶりです!!
>
> 　　　　の運動会が終わって、ぼうっと
> 気が抜けているところに うれしい
> ハガキが届いて本当に びっくりして
> います。ワープロが打てるようになる
> までにも すごく努力されたんですよね。
> 私などには 想像 できないくらい大変
> だと思います。声が 聞けた時も うれし
> かったのですが、このハガキも 格別です。

また、"食事会に行きましょう。"という、意味の手紙を書く。
（これは、下書きです。　下書きを書くのに、30分。
　それを、パソコンに置き換えて、30分。　（パソコン文書は、略。））

> お乙さしね
> 　　　ぶ田尺1か妹
> 　　　り　で
>
> 写真がでたのでおくります
> わたくし様は、
> 　ワー財艮
> 　　西弦
> 　PL3が すこし、どでて、よろこん
> 　　　　　　う
> 　　　　　　よろこんで
> 　　います
> まだまだ、じかん咖 かるりますが
> 　がん財
> 　　BAっZ、いきます
> また、こバど しょぐ凸にいきましょう

（どうですか？　私は、満足しています！！　補足E、参照。
　　これを、失書という。　高次脳機能障害。
　　　　　私の場合、特に、平仮名が書けない！！）

［９月］　受診
　　　　私　　：「復帰（は、どうですか？）」と、医師に問う。
　　　　医師：“ドライブは、如何ですか？”と、言われる。
　　　　私　　：「（それが、医師の言う、言葉かよ！！

　　　　　　　　　　治してくれないのかよ！！）」

［９月］　ベッドに寝ころんで、
　　　　「ほら、見て！　右脚が（上がったよ！）」と、言うのに、
　　　　“ああ、そう。　で、どうしたの？”と答える、矢頭さん。

　　　　矢頭さーーーーーん！！
　　　　（それは、仕方ないことです。
　　　　　　　健常者にとって、普通に寝ころんだ状態で、
　　　　　　　“脚が動く”と言うのは、何でもないことです。）

［９月］　湯飲みを、掴んでいく、練習。
　　　　利用者さんから、“もう諦めたら？　見ていると怖い！！”と
　　　　　　　　　　　　　　　　　　　　言われる。　けれども、やる。
　　　　（ギュッ、と、握りしめたままの状態から、
　　　　　　　ずいぶんと、よくはなったけれど、まだまだ。）
　　　　（１１月ごろ、湯飲みを割った・・・　容器を、瓶に代えた。）

［１０月］　シクラメンの補助員さんが、
　　“気持ちを強く持っていれば、大丈夫。　勉強も同じでしょう。”と、
　　　　　　　　　　　　　　　　　　　　　　　　言ってくれた。

　　エアロバイク漕ぎ
　　特に、低いエアロバイクが効いた。
　　　　　　　　　（最長、２時間。）

［2008 年１０月２１日］　中津川市の、介護の調査員が、来る。
　　いろいろ、調査をした後、調査員が言った。
　　　「(市) じゃあ、介護認定は、下げてもいいですね！」
　　　　　　　　私は、困り、施設の方に、相談に乗ってもらいました。

　　後日、再調査をやってもらい、平仮名も、書けない事を示しました。
　　　　　　　　　　　　　　　　　　　　　（59 ページ、参照。）
　　　「（市）：まあ！！　平仮名も、書けないの！！」

　　高齢者と、障害者は、違う事を、よく、理解して欲しいです！！
　　私は、失語症・右半身不随・高次脳機能障害です！！
　　　（補足 E　参照）（また、私は、認知症では、ありません。）

［2008 年１０月〜］　あやふやで、いいや！　インチキでも、いいや！！
　　九九、＋、−、平仮名、漢字等、言語検査、どうでも、いいや！！
　　　　　　　　　　進め！！、と、いう気持ちになった。

　　　［注：元教員の言う言葉では、ありませんが、
　　　　　　　　奇麗ごとなど、言っている暇は、無かったです。
　　　　　　　私の人生が、かかっていました！！］

［１１月２０日］　矢頭さん等、集まって介護の相談会。
　　チューブの話をしていると、矢頭さんが呟いた。
　　　　　　“あれ？　踏ん張りが、効くね。”　これは、いけるかな？

　　チューブを引っ張る写真　　　　　　　　　　悪い例
　　　　　　　　　　　　　　　　（麻痺側の脚は、どうしても、
　　　　　　　　　　　　　　　　　　踏ん張りが、効かない！！）

原先生。　　“装具無しで、運動（スクワットのみ）を、やったら？”

［１２月］
寒中見舞いを書く。

(お見舞いに、
　　来てくれた方等に、
　　　　１月に送る。

９月〜１２月、
　　せっせ、せっせと
　　　　　書く。

まだ、
ソフトの使い方が、
　　　　分からない。
表書きを、
　　　模写する。）

> 寒中御見舞申し上げます。
>
> おひさしぶりです。
> （昨年の寒中、暑中見舞いは、妹の文章）
> 病気お見舞い等、いただき、ありがとうございました。
>
> ４回私は通って、"っ"って随って重宝でしています。"ワープロ"が打てるようになったね、言葉が良くなった、（小学校２年生程度）
> 散歩にも行ける、"こころ"と"シクラメン"に、週にちょっと嬉しいでして、いま引きずるのが直らない。
> 亜脱臼は、（小学校５年生程度）
> 計算等は、（小脳の神経がバラバラになっている為、出来ない現状です。
>
> あと、１年と半年、復帰に向けて、
> がんばっていきます。

［１２月］　受診：右脚の神経が、通った感じがする。
　　　　　　　（まだ、指先はダメ。（踵は、ブニョブニョです。）等。
　　右手が、机の上に置けた。（写真）　肩の動きがよくなった。
　　（手を、ダラーンとしたままで、ご飯を食べている人を見かけるが、
　　　　　　　　　　　　　文鎮代わりにするといいでしょう。

　また、普通の箸を使っている。
　　私の場合は、せっかく、
　　　　左手が生き残っているので、使わないテはないと思う。）

ある医師が、言われる。

「右手・左手を、同時に使うと、**錯覚が起きる。**

　　錯覚を起こすためにも、同時に、やるといいでしょう。

　　　　例えば、食事の時、必ず、右手をテーブルの上に置く。

　吉村さんの場合、右脚とか、右手が不自由。

　だけど、**右手と、左手**を、一緒に意識してやると、

　　　　　　　　　　　　　　　　　いいかも知れない。」

　（これを、ミラー効果（鏡のような効果）と、言うそうです。）

右手と、左手を、意識してやる運動

（他にも、右の足指と、左の足指、
　右のふくらはぎと、左のふくらはぎを意識してやる運動、諸々ある。）

［１２月］　インターネットが、入る。
　　　　　　（携帯電話のメールは、使えない！　配列が、違う！！）

［１２月］　腕が、ちょっと、上がった！！

（どうだ！！　矢野先生！

　すぐに、
　　落ちてしまうけれど・・・）

［１２月］　目標を、立てよう！　**復帰！！**
　　　　　　　小学校３年生の文章読解　毎日のドリル　他
　　　　　　　長い手紙が、書けるようにする！
　　　　　　　日記を、書こう！

母親に、私は何時、倒れたのか聞く。
　　　　２００７年１月２３日と、言う返事。

思い出しながら、一寸ずつでもいいから、
　　　　　　　　　　日誌（後の手記。Ｂ５判。）を付けよう。
　　　　　　　　　　パソコンの、練習にもなるし！

　　　　　　　　　　　　　　　それに、・・・・・・

２００９年

［１月］　中津高校の同僚らと、食事会に行く。
　　店員とも、恥ずかしがらずに、喋る事が出来るようになった。
　　　　　　　　手紙（後の手記。Ｂ５版。）は、５枚くらい渡す。

［１月］　ＮＨＫのドラマを見ていると、
　　　　　　　　　　　　　突然、部分分数が、出来た！！

　　看護師さん：これ、見たことが、ある！　　Σ！！（シグマ！！）
　　矢頭さん：・・・？？？？？？？　（高校３年生程度、理系。
　　　　　　小学生の引き算も、出来ないが。　資料は、省略。）

［2009 年１月２３日］　倒れてから、まる、２年が経過。

　　また、Ｂ５判、１０枚程度だが、「本（手記）を書こう！」と、
　　　　いう気が起きる。　幸い、ノート等も、保存してあるし！

　　矢野先生の、言葉が浮かんで来る・・・　やっと、分かった。
　　可能性を否定しては、ダメ！、と言う言葉に共感する、矢頭さん。

［１月］　手紙（後の手記）を、書くのが楽しくてしょうがない。
（１５枚程度）

皆、手紙で詳細が、分かってくれた。
"そんなに、非道かったのか・・・・・・"
気にしなくても、いいよ！

［１月〜］　１ヶ月ほど前から、左脚の痛みが、どんどん増す。
「シクラメン」の機能訓練士の先生が、指摘してくれる。
右脚を半歩、ひいて、立ち上がる訓練。

①→②→③→④→⑤→⑥　　　　特に、③、④が、大切と思います。

（怖い方は、①〜④の繰り返しでいいと、思います。
片麻痺の方は、危険です。　必ず、補助員が必要です。
また、座るときは、"ドスン！"といって座らないで、
極力、静かに座る事が、必要です。）

これは、ダメな例。（片脚。　一本脚。）

（参考）　ある高校の、教え子が、遊びに来てくれる。
　　　　私が、大学の入試問題を、当てたことを、語ってくれる。
　　　　一葉双曲面の図のみ、示します。
　　　　（この図の様に、私の左脚も、ねじれている、感じがする。）

（参考、終）

　　機能訓練士の先生が言われることは、
　　　ひねり（？）、ねじり（？）が、関係するようだ。

それから、手の運動も教えてもらう。

これは、腹臥位療法の例です。

ベッドにうつ伏せになって、
　掌をベッドにつけることで、
　　大脳半球の感覚野を
　　　　　刺激する。

［２月］　メールが入る。　　中には、こんなメールも、入ってくる。
　「私は、近所に住んでいる者です。
　　私は、毎日、正夫さんの家の前を通り、会社に行っています。
　　庭でリハビリに励む姿を何度か見かけましたが、その度に、
　　　　　"今日も、頑張ろう！"　と、勇気を、もらいました。
　　今は寒くて、外には出られないでしょうが、
　　　　　　春になったら、また散歩に出られますね。」
　　　　　　　　　　　　　　　　　　頑張ろう！！

［２月］　受診：数字が上手く、聞き取れない。等。
　アドバイス：パソコンもいいけれど、落書き帳で、
　　　　　　　　右手を使うように、するといいよ、等。

　脳のＣＴ画像をもらう。　　非道いな・・・（本文、参照。）
　でも、気力、情緒、感情、記憶（想い出）などは、助かった。
　　　　　御陰で、大勢の人に、出会えた。　　感謝！！
　　　　　　　　（脳画像のコピーは、私の責任で、やりました。）

［２月］　「中津高校の卒業式に来ないか？」という、誘いが来る。
　　　　　　　　　　　　　　　　　　お願いします！！

　また、洞田先生に、題字をお願いする。
　　　　　　　　　　（後の手記は、２５枚程度。Ｂ５判。）
　　　　"心を、ゆさぶられた。"と、言って、引き受けてもらう。

　また、教え子ＡＫさんへの、手紙。

稲の話は、覚えていますか？

もう、１５年ぐらい前かな？　　（初夏のころ）

食事に行った帰りのこと。

"すくすく、育っていく稲を見ていると、
　　　　　　私も頑張らなきゃ！"と、言ったことがある。

印象的だった。

折り返し、手紙が来る。

吉村先生へ

　ご無沙汰しております。
　日増しに暖かくなり、春がもうすぐそこ
までぎているのを感じる今日このごろです。
　先生、お手紙ありがとうございました。
　先生のとても力強く前向きな気持ちに
私も負けていられないと勇気をいただきました。
　稲の話も、ついこの前 先生と話していたよう
な、タイムスリップした気持ちになりました。

でも先生、よく覚えていてくださったなァと、びっくりしました。相変わらず私は当時と同じように、いろんな事で悩んだり、へこんだりの繰り返しで、育事でもそうですが、子供と共に少しずつ成長しているっていう感じです。
　この前、新聞かなにかで、「神様は人間に越えられない壁は与えない。」というような文を読みました。稲の話もそうですが、いつでも自分の心の持ち方だと思いました。そのことを先生は思い出させてくれました。
ありがとうございました。
　　先生も焦らず、無理をしすぎず、いろんな事にチャレンジして下さい。私も先生に負けないよう、精一杯、生きていきます。

教え子ＡＫさんからの、返事。　　　　　（2010/3月の稿に続く）

［２月］　通分のやり方が分かった。
　　　　　感動！！（小学校４年生程度）

［２月］　腕が、背中で、組める様になった。（写真）
　　　　　　　　　　　（痛いから、大丈夫！　・・・）

［2009年３月１日］　中津高校の、卒業式に行く。
　（集会を、やってもらいました。
　　　言葉が不自由なので、原稿を読んで、とつとつと、喋った。）

　"集まってくれた、皆さんへ。

　ご卒業おめでとうございます。　みんな、元気ですか？

　３年前、中津高校の正門を、くぐった。
　思えば、緊張していた、初めての授業も、今は懐かしい。

　２年前、倒れた。　あの時は、千羽鶴等、ありがとうございました。
　２年が過ぎた。　だが、失語症、右半身不随等である。
　　人生は、生きていると言う事を、改めて思う。
　けれども、希望がある。
　　　　みんな、希望がある。　私も、希望がある。

　１年後、５年後、１０年後、君たちは、どうしているのかな？
　市川さん。　志なかばで逝ったことは、さぞ無念だ、と思う。
　　　　　　　　　　　　　　　　　　　　　冥福を祈る。

　さて、歌を歌って、終わりにしましょう。　（１，２番は、略。）

君にありがとう　とても　ありがとう
　　　　　　　　　もう会えないあの人に　ありがとう

まだ見ぬ人に　ありがとう
　　　　　　　今日まで僕を　支えた情熱に　ありがとう

生きてりゃいいさ　生きてりゃいいさ
　　　　　　　　　　そうさ　生きてりゃいいのさ
喜びも悲しみも　立ち止まりはしない　めぐりめぐって　行くのさ

掌をあわせよう　ほら温もりが　　　君の胸に　届くだろう
掌をあわせよう　ほら温もりが　　　君の胸に　届くだろう

　　　　　　　　（生きてりゃいいさ　　作詞・作曲　河島英吾）

　　　　　　　　　　みんな、元気で！！　　吉村正夫"

教えていた在校生も、居なくなった。　もう、ダメかなー？

いや、頑張るぞ！！

市川さんにも、手紙を出す。（面識は無い。）
　“お母さんも、元気で！”
　　　（市川さん：2009/3 卒業するはずだった生徒さんの、母親。）

[３月]　野村正成先生が、言われる。

　　“ニューロン（神経細胞）は、再生出来ない。
　　　　　　　（死滅した脳、やられた脳は、再生不可能。）

　　だけれども、１０年位前からは、
　　　　「じゃあ、残った脳は、何をするのか？」という、
　　　　　　　　　　　　　　　　　疑問が、湧いてきた。
　　　　　（定説。　代償しているかもしれない。）

３年は、可能性がある。”

　原先生とも、話す。
　“社会復帰に向けて、何か、始めた方がいいよ。
　　学校内などで、道徳などの時間に、
　　　　　　ノーマライゼーションの、
　　　　　　　　　　勉強として、講師となる（ボランティア）。
　　地域に根ざした、ネットワークを起ち上げる、等。”

　　[注：ノーマライゼーション：
　　　　　　　　　　デンマークのミケルソンの提唱した、言葉。

　　　　「人として、当たり前の生活が、送れるように、
　　　　　　　　社会全体を整える」という、考え方。]

また、原先生が、言われた。
　“「６ヶ月の壁」、と言われる物がある。
　　　こんなに、歩行も、言語も良くなるとは、思いもよらなかった！”

　　[注：一般的には、リハビリを続けると、最初は、急激に伸びる。
　　　　　が、以降は、鈍る、（ないしは、）変化が無い。
　　　　　　　　　　　これを、「６ヶ月の壁」と言う。]

［３月］　朝一番に、「こころ」の主任が、言う。
　　　"おはようございます。
　　　　　あれ？　杖無しで、歩いている！！"

　　腹の前に両手を、組んで歩くのみ。　バランスが、取れない！！
　　　爪先、膝が上がらない！！
　　　　　　　　（オットットットーーー、という、感じです。）

　　歩行訓練の様子（傾いている）。　　　腹の前に、両手を組んで歩く。
　　　（装具あり。　訓練時のみ。
　　　　バリアフリー、アスファルトのみ。　段差のある所では、ダメ！）

　　これは、ダメな例。　立身中正が保てない例。　　傾いている様子
　　　　　　　　　　　　　　　　　　　　　　　　　　　（イメージ図）

［３月］　原先生曰く。
　　　　　　「腱は、多少は伸び縮みをするが、あまりしない。」

　　　"違う！！　もっと、鷹揚に構えて！！
　　　　古武術も、中国拳法も、そうだけど、古い学問は、
　　　　　　　可能性は、否定しない！！"

（と、思いきや、
　「おうよう？　そんな言葉は、知らない。」と、言う。）

（私：・・・・・・・・・）

［３月］　教え子のTさんから、手紙が来る。

Tさんからの、手紙。

「小学校４年生の文章読解　毎日のドリル」に、入る。

［４月］　元同僚のM先生から、解の公式等の、原稿の依頼が、来る。
　「吉村さんの心が、健在であることを、知りました。
　　　もう一つ、自信不足のうちの高校の子に対して、勇気を！」
　　　　　　　（後の「手記」、約40ページ分、送る。）

［4月］　暖かくなり、散歩を再開。　早くなった事を、実感する。
　　　　しかし、腕が、どうもおかしい感じがする。
　　　　　こわばっている、感じがする。（2009/8/22 の稿、参照）

［4月］　速度に詰まる。　時速、秒速、時間、距離、Km、m、・・・
　　　　ああーーー、訳が分からん！！　ゴチャゴチャ！！

［4月］
　　"筋肉の再教育訓練に関して、
　　　イメージを持ちながら、
　　　　ひとつ、ひとつ、行うことは、とても大事。

　　　脳でイメージして、
　　　　　　　それを伝える神経に、刺激を与える事に、意味がある。
　　　気持ちを込めて取り組んだ先の結果には、
　　　　　　　　　　　とても大きな違いがある。
　　　　　　　　　ほんの少しずつでも、変化がある。"
　　　　　　　　　　　（「シクラメン」の機能訓練士。）

（目的とする、運動、動きを、ハッキリさせる。
　　　　　　　　　　　　　視線を見定めてやる。
　　　例えば、腕の運動をしているとき、腕の動きを、キチンと見る。
　　　リハビリをやってもらっても、ボ〜〜〜としていては、ダメ！
　　　　　　　　　　　キョロキョロしていても、ダメ！）

（「メキメキ」と、いう表現があったでしょう？
　　　　一寸その部分は、おかしいかな？
　　　　　　　　　気の持ちようとでも、言うべきかな？）

［4月］　「こころ」、「シクラメン」でも、資料（手記）を、配る。
　　　けれども、めんどくさくなってくる・・・・・　もう限界！！
　　　気持ちを汲み取ってもらえば、いいや！
　　　　　　　　　　　歯抜けの本を出そう！！（自費出版）

ワダ印刷さんにも、お願いする。
また、市川さんにも、原稿をお願いする。
下呂温泉病院に、リハビリの様子を、依頼する。

下呂病院に入院された時は、ストレッチャーで運ばれて来て、正直退院の頃、あそこまで良くなられるとは、夢想像もつきませんでした。しかめっ面をしながら一生懸命訓練に取り組んでみえた印象がまだ残っています。

床に座ったり、床に立ったりする動作に関しては、正直難しい方ろと思っておりました。吉村さんに関しては僕が学んだことの方が多かったと思います。

養生しますます頑張って下さい。機会があれば下呂病院にも足を運んでみて下さい。またお会いできることを楽しみにしております。

　　　　　　　　　　　下呂病院　武田康祐

武田先生からの、手紙。

（夢の部分は、省略。　スカスカでした。
　写真、資料は、佐橋君のくれた物を含め、4ページ。
　注や、写真等を除くと、ほぼ、「手記　ありがとう」になります。）

　約1ヶ月間後、約60ページの、小冊子に仕上がる。　B5版。

［5月3日］　前橋先生と共に、付知の「森の市」に、出かける。
　早川さん等。　口を揃えて、“良くなったね！”と言ってくれる。
　嬉しい！　嬉しくなって、早川さん、制作の額を、買い求める。

　洞田先生が、書いてくれる、題字を入れよう！

　「手記　ありがとう　　　失語症・右半身不随との闘い」

「手記　ありがとう」の、締めくくり。　　［2009 年５月］

みんな、それぞれに、悩み事がある。

ある方が言われる。　　"生きていられて、運が良かったね！！"
別の方が言われる。
　　　　　　　"体が不自由でも、言葉が不自由でも、親に感謝。"

人生８０年、私は４８歳。　暗い気持ちで過ごすのか？
それとも前を向いて生きるのか？
伴さん、安田さん等の、人生のお手本がいる。　頑張るぞ！！

私も、事実、１年半位は暗い、気持ちになっていた。
けれども、私の場合、毎日、毎日、・・・、模写をやり続けて、やっと、
"そらが、（×ひ×）はれた。"という、一言が、書けたことが、
大きかったです。　これには、大喜びしました！　感動しました！！
　　"よし！　よし！！　万歳！！！"と言う、気分になりました！！

また、ＮＨＫの、「鶴瓶の家族に乾杯」で、たまたま、やっていた。
　　"私（出演者）の医師が言った。　ひたすら、一日中、歩く。"
また、坂上二郎（元　コント５５号）の失語症の話も、聞いた。
　　　"何でもいいから、喋る。　ひたすら、喋る。"

ちなみに、私の一週間のスケジュールを書きます。
月、水、金、土　　　　　（注：後の曜日も、ほぼ、同じです。）
　　4:00　　起床　腹の調子を整える（便秘気味）　パソコン
　　4:30　　リハビリ（チューブ体操等）　散歩（5:00〜6:00）
　　6:00　　朝食等　　　新聞を、声に出して読む等
　　8:30　　施設に行く　会話を楽しむ（重要！）と、
　　　　　　　　　　　　　　同時に腕のリハビリ、脚を踏ん張る。
　　9:30　　屋内を歩く　立ち上がりの練習等
　11:00　　風呂　湯船に浸かると同時に腕のリハビリ
　12:00　　昼食　　　新聞を声に出して読む
　13:00　　言語のリハビリ（機能回復の訓練）
　13:20　　立ち上がりの練習　階段の練習等
　15:30　　施設から帰る（朝の稿に同じ）
　16:30　　散歩、夕食　パソコン　勉強等
　20:00　　寝る（掌を、下に向けて寝る。　写真は、略。）

（ここからは、市川さんの言葉を、引用させてもらいます。）

何も起こらない、天下太平の人生でなくて、
色々起こって、色々体験できて、そのたびに、成長出来る、
こんな人生に満足しています。

病気も事故も全て、頂き物。
無駄なことなんて、この世に、一つもないことが、わかりました。

何でもかんでも、「有り難い！」の、境地に来ましたよ。
せっかくの今日一日も、楽しく過ごします。

私は、人との出逢いに、奇蹟を感じます。
吉村先生。　娘と出逢ってくれて、ありがとうございます。

宇宙は、１３７億年前にビッグバンで誕生したそうです。
概算すると・・・　　　　地球が誕生したのは、約４６億年前。
　　　　　　　　　　　恐竜が誕生したのは、約　２億年前。
　　　　　　　　　　　人類が誕生したのは、約１００万年前。

と、言うことは、宇宙の歴史を一年に例えると、
　　　　　　　　ついさっき、人類が誕生したという事になるらしいです。
人生８０年とすれば、この地球で過ごす時間はたった0.1秒。
宇宙の中で生かされている、私たちの人生は0.1秒にすぎません。
まさに一瞬です。

　そんな貴重な一瞬に、私たちはいま立ち会っているんです。
　そんな貴重な一瞬に、先生は娘と出逢って下さったんです。
　そんな貴重な一瞬に、先生は貴重な体験をされているんです。

まばたきほどの、そんな貴重な一瞬を、地球人として、
　　　　　　　宇宙の一部として、大地に身を置いているんです。

すごいと思いませんか？
そんな風に考えると、0.1秒の人生において起こってくること、
　　　　　　　　　　　　　　　　　　全て奇蹟ですね。
だから、もっとこの奇蹟を楽しもうって、思うんです。

地球人の一員として。

（（以下は、私の言葉。））

障害者（本当は、そんな言葉は使いたくない！）の皆さん。
　敢えて言います。　頑張って！！

[注：アメリカでは、
　　　チャレンジド・ピープル（challenged people）と、言うそうです。]

可能性を信じて！！

（「手記　ありがとう」の締めくくり。　終）

[注：障害者の方は、国から（または、県、市町村等）の、補助が、
　　　　　　　　　いろいろある、と言う話です。
　　　一度、詳しく、調べるといいでしょう。

　例：障害者１１０番　　　ＮＨＫ放送受信料の免除
　　　携帯電話料金等の割引
　　　ニュー福祉機器助成事業(岐阜県では、パソコンの補助がある。)
　　　青い鳥郵便はがきの無償配布（4〜5月のみ。1人につき 20 枚。）
　　　生活保護の対象にもなる可能性がある。
　　　　　　　　　　　　　　　　（あくまで、可能性がある。）]

[注：私の様に、「言葉が不自由、体も不自由。」と、
　　　　　　　　　　言うときは、次のような手段もある。

　　例：不要な電話は切る。着信拒否。
　　　　　　　　　　　（電話機の取扱説明書を読んで下さい。）

　　　不要な手紙は、
　　　　「受取辞退（吉村　印）」と書いて、ポストに投函する。
　　　　　　　　　　　（同様に、宅急便等でも出来るはず。）

　　　新聞は取りたいが、広告は、要らない！
　　　　　　　　　→　新聞販売店に、連絡する。]

［５月］　　散歩の時、装具を外して見る。（約 20 メートル。）
　不安定！！　そーーー、と、そーーー、と歩く。

　靴跡を見る。　やっぱり、ミミズが、這ったような跡だ・・・・・
　（私は、右足首が、ガクン、ガクン、と、

　　　　　　　　　　　　　　　　外側に、砕けてしまう。）

　野村先生に教わった、
　　腕を後ろ向きに組むやり方を、
　　　　　　　　　　実行する。
　辛い！！　けれども、訓練！
　（痛いから、大丈夫！　・・・）

［2009 年５月］　手記が出来たよ！　嬉しい！

いろんな、方から、声を掛けてもらう。　嬉しい！！

また、手記を送付する。
　"リハビリに、励みます。
　　元気です！！　吉村。"
　　　　これで、いい。

　その後、
　　いろいろな方から、
　　　手紙を頂く。

　"教え子の母より"と
　　書いてくれて、
　　新茶を送ってくれた方。
　美味しく、
　　飲ませてもらいました。
　　（無記名。　障害者。）

また、ＭＹ先生からの手紙には、
　　　　　勇気づけられた。
　（元中津高校の同僚。退職。）

> おひさしぶりです。先生の手記を
> 読み、私は大変はげまされました。
> 私は昨年 3 月に教師をやめ、現在
> 大学の　　　　　　研究科
> で、大学院生をしています。将来は
> 研究者になるつもりです。しかし、最近、
> 自分の才能の無さに落ち込み、自分の
> 努力が無駄ではないかと感じていま
> した。しかし先生の文章を読み、継続
> して続ければ、きっと実が結ぶ日が来る
> と感じることができました。私はこれからも
> 努力を続けます。先生といっしょにがんばり
> たいと思います。ありがとうございました。

加納先生。　　"とても、参考になりました。"
　　　　　　（加納利恵先生：シクラメンの理学療法士。新卒。）

　　　野村正成先生　　　　　　原司先生　　　　　加納利恵先生

［５月］　プレゼントに、当たった！
　　　　　　　　　　中日新聞の「新茶のかおり」に、当たった！
　ロト６は、毎週 200 円買って、2007〜2009 年、2000 円当たる。
　　　　　　　　　　　　　　　　　　　　割に合わないね！

　矢頭：ハズレ番号のみ、買っているんじゃないの？　ヘタだね！！
　私　：チェッ！
　　　（「チェッ！」という単語も、失語症の方にとっては、
　　　　　　　　　　　　　　　　大事な、発話訓練です！）

［６月］　１ヶ月ぐらい前から、どうも、膝が痛い！！
　骨が痛いような、気がする。
　　　レントゲンがある、クリニックに行く。
　院長：関節軟骨の、変形（老化）かも、知れない。（レントゲン）
　　　　（診断の結果、）異常は、無いですね！
　　　　でも、左の膝と、右の膝と、骨が違うことは分かりますか？
　　　　右の骨が、ちょっと、**スカスカ**になっていることは、
　　　　　　　　　　　　　　　　　　　　分かりますか？
　　　　無重力空間で、生活していると、それは、仕方ないことです。
　　　　貴方の膝、骨も一緒です。

[注：骨を丈夫にする要因。
　　　　　　カルシウム、ビタミンＤ、日光浴、運動。
　　　　　　　いずれが、欠けても、いけないそうだ！！]

エエーイ！　もう、我慢できない！！　シクシクしても、我慢！
室内の散歩を再開。　靴下のみ。　バリアフリーのみ。
　　（そのうち、気づく。　素足のほうが、歩きやすい！）

［2009年7月］　中日新聞の、本田英寛記者が来てくれる。
　取材の最後に、聞いて来る。
　　本田：「ありがとう」とは、どういう、意味ですか？
　　　私：それは、内緒！
　　本田：まあ、いいです。　　東濃版なら、今月中には載りますよ！

［2009年7月7日］　載った！　本田記者に、お礼の電話をする。
　　（東濃版：中津川、恵那、瑞浪、土岐、多治見、可児、近隣。）

あした派

吉村　正夫さん （48）中津川市

失語症、半身不随も
高校教諭復帰目指す

リハビリ体験を手記に

二〇〇七年一月、勤務先の中津高校から帰宅後、自室で本を読んでいると頭に激痛が走り、緊急入院した。脳内出血だった。失語症と右半身不随に見舞われた。

約一年半、ほとんど言葉を発することができなかったが、熱心にリハビリを続け、今はゆっくりだが会話ができるまで回復した。

「頭の中に言葉があるのに、しゃべれなくてつらかった」と当時を振り返る。

「同じ病気の人や一般の人に、体験を伝えることは自分への励みになる」として、倒れてからの二年四カ月の体験を手記にまとめた。

一�A〲をパソコンで打つのに二時間以上かかった力作だ。タイトルは「ありがとう」。

富山大大学院卒業後、二十年以上、県内の高校で多くの生徒に数学を教えてきた。現在、中津高校を休職中

めた直後について「言で、教え子らに励まされる様子を描き、信じてリハビリに取り組んだこと、右腕が上がった時の喜びなどを率直に記した。

葉が出ない。声を出すれながら週四日、リハビリに励む。「また教壇に立ちたい。生徒の前に立ちたい」と、力気力がない」と絶望感強く訴える。

手記では昏睡から覚

闘病体験を手記にまとめた
吉村正夫さん＝中津川市で

（本田英寛）

[注：資料を一部加工。

　　　　中日新聞社電子メディア局企画営業部、了承済み。]

［2009年7月２２日］　学校に、行く。　　父親、母親、妹、私。
　校長先生、元校長先生、岩本先生らに、会ってくる。

　　　　　辞令を頂く。　丁度、１年か・・・　焦る・・・
元校長：下呂温泉病院に行った際、２年前、全然喋れなかったのに！
　　　　驚くべき進歩ですね！　が、教員としては、まだまだですね。
　　私　：悪口も、言えるよ！！
　　　　（「悪口が言える」とは、会話が進歩した、証拠です。）
　　　　　　　　　　　　歓談！
　　では、これから、下呂温泉病院に行くので！　　　（（到着））

　矢野先生と、会う。　　"よう、元気！！"　歓談！
　　私：矢野先生から、頂いた手紙。　やっと意味が、分かりました。
　　矢野：いや、そう言ってもらえると、嬉しい。
　　　一寸、意味が違ったけれど・・・　私も、勉強になりました。

　大島先生にも、会う。
　大島：お久しぶり〜〜〜　元気ですか？
　　　　会話が、出来るように成ったね！　嬉しい！
　　　　力不足で、申し訳ない。
　　私　：いやいや、そんなことは、無いです。
　　　　特に、口真似が、効きました！！
　　武田先生は休み。　残念。　　　また、いつか、来ます！！

［2009年7月］　ワダさんが、手紙を持ってきてくれる。
　一般の方々も、ある。　体が不自由な方、失語症の方もある。
　私と同じような、目に遭っている方もいるんだ、と、思う。

古山さんという方からの、手紙から引用。
　"私も４年前、脳内出血で倒れ、
　　　　　　　　失語症と右半身不随に見舞われました。
　それから、人の何倍か、言葉の練習、手足の運動、歩行練習等。
　今では、習字も出来るようになり、花かごも作ります。
　どうにかここまで出来るようになりました。気力と、努力！"

伊藤さんという方からの、手紙から引用。
　"私は、６年前、脳梗塞で倒れ、右半身不随となりました。
　とにかく私の仕事はリハビリのみ。
　４年、５年でも、リハビリの効果は、現れます。
　「障害者にはなりたくない！」と、いう、想いで一杯でした。

リハビリの良かった点。
　1、水墨画で、腕、指のリハビリ（右手）！
　2、卓球で、足、手の力を強化！　農業で全身を強化！
　3、各サークル活動に、参加する。
　4、一昨年から、八十八カ所巡りが出来、
　　　山道、階段による脚力強化！　納経で書く力の強化！、
　　人前で話すことの強化！等により、ここまで治りました。”

水野美穂子さん（長野県の言語聴覚士。）
　倒れてから半年間は、シー、シー、と、言うのみの方だったが、
　6年ぐらい経った頃から、やっと言葉を喋るようになった方も
　　いる。　その方は、積極的に、人前に出るようにしていた。

こういう、生の体験談の、本があったならば、いいのに・・・
そうすれば、私も気持ちが落ち着いたかも・・・

　　　　励ましの手紙を頂いた方、ありがとうございました。

また、教え子ＡＴさんから、手紙が来る。（コピーは、次ページ。）

また、原先生が、岐阜県の高齢福祉課に、私の手記を送ってくれて、
　　　　　　　　返事が来ている。　　1人の方を紹介します。

> 若くて脳卒中になられた方々は、特に仕事につきたいという思いは皆さん
> 強く持っておられます。　しかし、厳しい現実は、20年前からあまり変
> わっていません。　　吉村さんのように、ありのままの声を届けることが、
> 社会を変える大きな力になると思います。　今回の手記を出され、
> 取材にも応じていらっしゃることは大きな前進です。　あきらめないで、
> 活動していただきたいと思います。

（この文を書かれた方は、中土康代さん（保健師）。
　　　　　　　　　　　　　　　　　　代表者　谷合真紀さん。）

年金も大事だけれど、生き甲斐が、欲しい！！
（以後、いっぱい、一杯、間違いがある事に気づき、
　　　　　　「手記　ありがとう」は、絶版としました。）

先生の手記を読み進めていくと、だんだん心に明りが灯されて、光が増しておられるのを感じます。

私自身、仕事に就いていたときには、関わりのあった方々から、本当に多くの勇気と希望を頂き、支えられてきました。
そして吉村先生もまた今現在、周りにいらっしゃるスタッフや患者さん方へ、大きな励みを与えていらっしゃるのだと感じました。

先生の抱えていらっしゃる苦難と並大抵のことではない努力を思うと、簡単な言葉では表せませんが、先生の強い信念が、必ずや今以上に、機能回復への大きな力になると信じています。
そしてこの先も、どうかゆっくりゆっくり、回復の階段を上がっていかれるように祈っています。

まだどこかで先生の元気なお顔を拝見できる日を楽しみにしています。

後文略

吉村 正夫先生　平成二十一年 盛夏

りこ

ＡＴさんからの手紙：②

暑中お見舞い申しあげます。

前文略

まずは、この度、先生が大病を患われたことにつきまして、心からお見舞い申し上げます。突然の罹患に、どんなに大きな混乱と失望に苛まれたことかとお察ししますですが、苦悩の多い状況の中でしっかりと病気と向き合い、日々のリハビリに全力で取り組み、確実に一歩一歩前進されているお姿は、本当に力強く、手記を読んでいる私にも希望がみなぎってくるように感じました。

私たち教え子は、恩師である先生方には、教師と生徒として、勉強をはじめ人生の大切なことを様々教えていただいておりますが、この歳になっても尚、吉村先生には手記を通して生き方の手本を示していただき、導いていただけるのは本当に有難いことであると感謝しています。先生の手記をこうして手にさせていただいたのも、何かの縁だと感じています。

介護をしていたときには、数多くのご病気や後遺症などで苦しんでおられる方々と出会いました。その方々が、回復への可能性を信じて、日々リハビリや治療に専念されるお姿を見て、数多くのことを教えられ、実感してきました。障害を受け入れるということは、諦めるということではないこと、又、強い信念が不可能を可能にすること、そして人には計り知れない力が潜んでいるということです。先に明るい希望を持つことは、何にも勝る心のリハビリですね。

ＡＴさんからの手紙：①

［８月１５日］　「シクラメン」にて、利用者さんの家族の方に会う。
　　“（家族の方）７年前に、お父さんは、倒れた。
　　　肺の病気になって、２週間で、声は、ダメになった。
　　　　喋れなくなった。　理解力もダメになった。
　　　けれども、愛知県の医者に、
脳に刺激を与え続けなさい、と、言われた。
　　　　今は、書けるようになったし、理解も出来るようになった。”

［８月］　　　　野村正成先生と、話す。
　　“（私）右腕が、暖かくなったよ！
　　　それから、ピクリ、ピクリ（2008 年３月と、違う感覚）とも、
　　　　　　　動くようにも、なったよ！！”と、言うのに、対して、
　　「（野村）ビビビビビビビと、動くようになればいいのだ！
　　　　　　　　　　　　　　　　　　もう一寸、頑張れ！」

　　また、やっと、「関節拘縮（こうしゅく）」の意味が、分かる。
　　４ヶ月ぐらい前から、どうも右脚の、ふくらはぎが、突っ張った（？）、
　　　　　　　（張った？　凝り固まった？）変な感じがする・・・
　　　特に、アキレス腱が伸びない！、踵（かかと）がつかない！

　　加納先生に、腕、ふくらはぎの、リハビリをやってもらう。
　　　加納：萎縮は、無いです。　関節拘縮も、無い、と思います。
　　　私　：じゃあ、何？
　　　加納：関節拘縮とは、関節の動きが制限されることを言います。
　　　　　　吉村さんの膝は制限されていないので、
　　　　　　　　　　　　　　　関節拘縮とは言わないと、思います。
　　　　　　筋緊張が高い、と思います。（または、異常な筋緊張。）
　　　私　：ふう〜〜〜ん・・・
　　　　　　（「筋緊張が高い」の様子は、車から降りる時の写真
　　　　　　　　（「脳卒中からの改善　２」）に、出て来ます。）

［注：強直　　　：骨と骨がくっついてしまう。
　　　萎縮　　　：筋肉が萎縮する・・・筋肉が細くなる。
　　　関節拘縮：関節が拘縮する・・・関節の動きが制限される。
　　　　　　　　　　　　　　　　　　（または、硬くなる。）
　　筋緊張が高い：筋肉がこわばる。伸びづらくなった状態。
　　（「筋緊張が高い」とは、「異常な筋緊張」と、同義語。）］
揉む。　ひたすら、揉む。

（私の腕も緊張が高い状態。　指も高い状態。
　２年前、そのまま動かせない状態あったら、今頃は、
　　　　関節拘縮していたかも知れない。　ゾッと、する。）

（後日、矢野先生から、手紙が来る。
　　　　"放置するのは良くない。　すみませんでした。"）

［９月２７日］　中日新聞に、岩渕大起さんの、記事が載っている。
　　「障害に負けない親の愛」と言う、題名の文章。（略します。）

　また、本も、紹介されている。　読もう！
　エッセー「まだ１７歳だけど、人生って面白いと思う」（ポプラ社）

［１０月］　介護認定の、調査用紙が来ている。
　　けれども、右半身不随、失症等については、何らの、記述も無い。
　　それは仕方ないことです。
　　　　介護認定と、障害者手帳は、違います。（補足Ｅの注、参照。）

　また、分からない所があるので、中津川市民病院に行く。
　　介護の問診票について（特に、２１について）。
　　　　イ　言葉がうまく話せない、言葉が理解できない。
　　　　ロ　話すとき、"ろれつが、回らない"。

　私　：どっちに、○をつければ、いいのですか？
　医師：失語症は、イになります。

［１０月］　「まだ１７歳だけど、人生って面白いと思う」が、来た。
　　　　　　　　　　　　　　　　読書（音読）を、日課とする。
　　毎日、（時々、休憩を入れて）　9:00〜11:00　まで。　４ページ。
　　　　　　急に、朝が起きられなくなる。（高次脳機能障害）

　（音読で読む。　黙読ではありません。
　　音読は、目的語が存在して、初めて成立する物なので、
　　　　　　　　　　いい、言語訓練になると思います。）

　「まだ１７歳・・・」を、読んでいると、こんな文章が出てくる。
　　"（略）逆に、何不自由なく暮らしてきた人は、
　　　　　　　アクシデントにどんなに苦しみ、悩むことだろう。

それを乗りこえるのは簡単なことではないはずだ。
その心の内を思うと、気の毒でならない。（略）"
　　　　今となっては、分かる気がする・・・・・

［１１月］　「まだ１７歳・・・」を、声に出して、読み終えた。

　　約２０分間で、１ページ。
　　時間は掛かるけれど、１０ページ、読む自信がついた！
　　　　（早口言葉は、喋れないが！（言えないが！））

［１１月］
　　右手の握力計を使ってみると、手首を固定すると、５ｋｇ動いた！

　　また、ここ１週間ぐらい、右脚が異様に重い。
　　　　　　　　　　（装具をはめたときとは、違う感じがする！）
　　「シクラメン」で、歩いていると、右脚の、
　　　　人差し指、中指が、どんどん、曲がっていく！　痛い！！
　　　　　　　　我慢できないほど、痛い！！（異常な、筋緊張。）

　　（足先を、曲げる、伸ばすの、繰り返し。）

［2009年１１月］　ＮＨＫ　ハイビジョン　「復活した"脳の力"
　　　　　　テイラー博士からのメッセージ」を、もう一度、見る。

　　テイラー博士は、脳科学者だったそうだ。
　　　３７歳の時、脳卒中で倒れたそうだ。
　　　８年、かかって、復活したそうだ。
　　　失語症も、右半身不随も、あったそうだ。

（番組の中でも、あるアメリカの医師が、言っている。
　　　"入院すると、６ヶ月〜１年の、限りがある。
　　　　それを、どう乗りこえるかが、問題だ。
　　　　テイラー博士は、粘り強く、乗りこえた。"）

その中で、テイラー博士が言った、言葉がある。（抜き書き）

"脳卒中の方は、生存者であり、犠牲者ではありません。
　アメリカの医師は、最初の６ヶ月〜１年が大事、と、言う。

けれども、私は、脳の柔軟性を信じなさい、
　　　　　　　脳は学習し続けている、と、言いたい。

努力を止めれば、もう、成長は終わるでしょう。

　　では、１０年、２０年間、努力し続ければ、
　　　　　　　　　　　　元に戻るでしょうか？

　それは、分かりません。

でも、努力すれば、生活の質は、
　少しずつ向上するでしょう！！"

　　　　感動！！　いろんな人に、メールを送る。
　　　　　　"仮に、退職になっても、諦めずに努力します。"

（番組の中でも、神経細胞の突起が、伸びる様子をやっている。
　　　　安田さんは、感覚的に、掴み取っていたようだ！！）

［１２月］　脚を、振って歩く（ぶん回し歩行）のが、
　　　　　　　　　　多少、少なくなって来たような気がする。
　　　　　　　　　　　　　　　　　　　（依然、階段はダメ！）

　　野村先生によると、
　　　　「頭の重心が、一定に保つようになれば良い」との事。）

正常　　　　　　　　　　振って歩く（ぶん回し歩行）
　　　（引きずって歩く、等の、表現からも、読み取って下さい。）

ギッタン、
　　バッコンの
　　　イメージ図。

（どうしても、
　　一本脚に、
　　　負担が、
　　　　かかる。）

［１２月］　やっと、＋、－の意味が分かる！！（小学校１年生程度。）
　　　１０を基準にしてやれば、良いことに気づく！！
　　　　　（ないし、組合せ。）　感動！　　（高次脳機能障害の改善）

　　　6+7　　　　　または、　　6+7
　　=6+4+3　　　　　　　　　=3+3+7
　　=(6+4) +3　　　　　　　　=3+(3+7)
　　=10+3　　　　　　　　　 =3+10
　　=13　　　　　　　　　　 =13
　　　　　　　　　　　　（「または」が、分からなかった！）

引き算も、分かるようになった！
　　16-7
　=(10+6)-7
　=((7+3)+6)-7
　=3+6　　（7-7は、0になる！）
　=9

［１２月］　シクラメンで、リハビリをやってもらっていると、
　　　　　　　右脚の足先の神経が微かに、動くような気がする。

加納：麻痺は、体幹（たいかん）に近いところから、
　　　　　　　　　　　　　　　　　回復しやすい。
　　　体幹から、順番に動くようにすると、いいです。
　　　親指から、順に神経は、回復してくることが多い。　頑張って！

[注：体幹：（ちょっと違うけれども、いわゆる、腰。）
　　　中心部：腰→肩→肘→手首→掌→指（親指→小指）
　　　　　　　腰→ももた→膝→足の裏→指（親指→小指））
　　　　　　　（逆の説もある。　末梢→中枢）]

　臀部（でんぶ）の、筋肉が、劣っている感じ。

　また、ふとももの付け根が、柔い感じがする。
　　　ふとももの、運動も始める。

　　　　　ふともも　　　　　　　　　　　特に、ふとももの、付け根

　加納先生らも、
　　　"ふくらはぎは、しっかりしている。"と言うけれど・・・

　ふとももは、ほぼ、一緒な太さでしょう！（写真）
　　（野村先生によると、"臀部の筋肉は、付きづらい"、と言う。）

　麻痺側は、どうしても、筋肉が、細くなってしまう。
　椅子に座ってばかりいても、
　　　　　　　　　どんどん、筋肉が、やせ細っていくばかり！

上の写真を見て下さい。（指先を摘む、運動。）
　　　　左に傾いているでしょう！　大臀筋が衰えている、
　　　　　　そして、内側の異常な筋緊張が起こっているため、
　　　　　　　　どうしても、摘めない。　ガニ股の原因。（原先生談）

　　　　また、１㎏の鉄アレイを、施設に持ち込む。
　　　　　加納：椅子に座ってやると、いいですよ！
　　　　　　これも、体幹の、運動に他ならないです。

　　　（踏ん張ってやる！　へたり込んでやるとは、違う！
　　　　　　　　　　　　　　　　　　　　肘を伸ばしてやる。）

　　　　腕の、様子。

どうしても、　　　　　　　　だから、揉む！！　　　揉む！！
　　指、手首等の腱が、
　　　　　突っ張ってしまう！
（特に、裏返しにすると！！）

＊：共同運動：個々の筋肉だけ動かそうとしても、
　　　　　　　　　不随するほかの筋肉まで、一緒に動いてしまうこと。

　（例）麻痺した手を、真っ直ぐ上に上げようとしたとき、
　　　　　勝手に指が曲がり、肘も曲がり、脇が開いてしまう・・・
　　　　　など、動かそうとした部位以外のほかの部位も、
　　　　　　　　　勝手に、全部、動いてしまうこと。

＊：分離運動：個々の関節が、分離して（別々に）、動くこと。

特に、右脚が、どうしても、吊り上がってしまう！　異常な筋緊張。
（共同運動しか、出来ない！　2009/8 ごろ）　　（下の写真も、参照。）

異常な筋緊張が取れて、腕を上げた時、
　　　　　　　　　　　脚が、多少、浮かなくなった写真。
　　　　　（分離運動が、多少、出来て来た。　2010/7 ごろ）

［１２月］　目標を立てる！！
　　言語を、もっと、すらすら喋れるようにする！（音読、読書等）
　　運動等も、続ける！
　　仮に、復帰できなくても、**諦めない！！**

２０１０年

［１月］　“フー、スーと呼吸しながら、骨盤を意識してやるといいよ！”

　　　骨盤前傾　　　　　　　　　　　骨盤後傾
　　　　腰掛け、足は床に接地する。　　　腹部をへこませながら、
　　　　　　　　　　　　　　　　　　　　腰部を後方へ
　　　　　　　　　　　　　　　　　　　　押し出すようにする。

（マル椅子では、ダメ！！　自然と、右に傾いてしまう！）

私の場合、右脚が不自由。　特に、右側を、意識してやると良い。
この運動は、よく、見られるが、
　　　　　　　　　ぼ～～～としてやっていても、効果が薄い。

それから、指の運動もやるといい。
（折り曲げ＋開く）×１０回〜×各指

左手の支えなしで）
　　　肩付近まで、保つ、練習。

腕は、極力、伸ばす！

　　また、加納先生に教えてもらって、ブリッジ体操も始める。
片足で行うブリッジ体操
（左足を組む→左臀部だけ集中的に鍛えます。）
（左右の写真を比べて下さい。
　　　　　　　これでも、踏ん張っているつもりです！！）

加納：ブリッジ体操：
　　両足をついて行うといい。
　　　　臀部を、上げられるところまで上げる。
　　　今度は、ゆっくり上げて、ゆっくり下げる。
　　　　　　　　　　　（ふんばる力がつきます。）

ボールを、挟んでやる体操

原先生が、指摘してくれる。
"肩甲骨を意識するといいよ！　まだ、背中の張りが足りない！！"

（右肩を見て欲しい。　異常な形をしている。
　　　　　　　これも、異常な筋緊張の為です。）

［2010 年 1 月 23 日］　　　倒れてから、まる、3 年が経過。

［2010 年 2 月 27 日］　（18:45 ぐらい）　また、倒れた・・・
　　テンカン発作　（倒れた時も、救急車も、覚えていない・・・）

　（19:20 ぐらい）　目が覚めた。
　医師が、問いかけてくる。
　　　医師：今日は、何日ですか?
　　　私　：分からないです・・・
　　　　　（ホッと、一息ついて、
　　　　　　（ああ、言語の障害は、無かったか・・・））

　　　　　　２月２８日かな？
　　　医師：まあ、一日程度のずれは、いいでしょう。
　　　　　　今日は、２月２７日。
　　　私　：そうか・・・　今日は、２月２７日か・・・
　　　　　　　　　　　　　　　　　　（計３日間、入院。）

（テンカンは、心穏やかにしていないと起きやすいそうです。
　テンカン等を起こした方は、車の運転は、２年間は、法律で禁止！）

［３月１日］　医師：２年は、薬を続けましょう。

　たまたま、言語の先生が、病室に来る。
　　　　　　　　　　　　　（私、ろれつが、回らなく、喋る。）
　　　私　　　：こんにちは。　テンカンです。　元気です！！
　言語の先生：・・・・・・・・・？

「声が出ない ので、どうにかしてくれ！」と、
「言葉が喋れない ので、どうにかしてくれ！」とは、
　　　　　　　　　根本的に、違います！！！

［３月］　中津高校から、文集が来ている。
　興味のある「記憶の話」があるが、膨大な量なので、省略。

「私の考えでは、長期な記憶と、短期な記憶かな。
　　長期な記憶は、稲の話、など。
　　短期な記憶は、平仮名、カタカナ、漢字等、すぐに忘れてしまう。

［３月］　とうとう、数学の問題集は、ギブ・アップ！！
　　　　　図形（長さ、面積、体積等）が分からない！！　止め！！

［４月］　天気が良くなり、近所の小学校に出かけた。
　カクン、カクン、・・・と言うのは、無くなったけれども、
　　代わりに、足が棒のように、突っ張った感じになる。
　　　　　　　　　　　　　　　（時々、スクワットをやる。）

加納先生。　　"立つことは、重要だ。
　　　　　筋肉は、単一では、動かない。"

[注：対になっていないと、バランス良く、スムーズに動かない。
　　　表、裏。　引っ張る、縮む等。
　　　　　　　　　　複雑に、調整し合って初めて、動く！]

（私は、左の足首の筋肉等が、捻れて、歪んでいる感じがする。）
　私は、両足を揃えて立つことは、難しい。
　特に、ピッタリと揃えて立つのは、難しい。
　　　　　　　　　バランスが崩れてしまう！
　（鏡の前で、ジーーー、と、したままで、１分程度やる。
　重力を感じてやる。　たまには、体を揺らすし、休憩も入れる。）

杖あり。一本足！　　　　　　両脚を踏ん張って立つ。二本足。

　　一本足。バランスが取れない！　　ピッタリと揃えて立つ。二本足。

[2010年４月２８日]　岩本先生が、自宅に来てくれる。
　岩本：（いろいろ話をした後、）復帰は、どうしますか？
　私　：難しいかな・・・　言語面も、とつとつと喋るし・・・
　　　　右手も右脚も、まだまだだし・・・
　　　　　　　　計算も、追いつかないし・・・・・

　岩本：そうか・・・　残念だ・・・・・
　私　：でも、ギリギリ粘ってみるよ！　６月中旬一杯！

　岩本：そうそう講演会の件、ＯＫが出たよ！！
　私　：それは、良かった！　よろしくお願いします。（後述します。）

［2010年6月18日］　正式に断りの電話をする。　「退職」

　市川さん。（メール)
　　“新しい「吉村正夫」という、一人の人間に、
　　　　　　　　　　　　　　次の言葉を贈らせていただきます。
　　　　　　起こったことは、もう過去
　　　　　　見ていくものは、今と未来
　　　　　　未来を創るのは、今の気持ち
　　　　　（（私の、心の師匠から、いただいた言葉です。））”

　教え子のTさん。（メール)
　　“健康な人には命の大切さを、
　　　　　先生と同じような病気になった人には、
　　　希望を持ち前向きに生きることの大切さを伝えられるのは、
　　　　　　　　　　　　　先生にしか出来ないと思います！”

　他にも、いろいろな方から、声を掛けてもらう。　感謝！！

［6月19日］
　加納：呼吸を止めないで！
　　自然な呼吸でやっては、どうですか？
　　フン！　フン！！、と、いっては、ダメな場合もある。
　　また、リハビリに、変化を持たせると、良いかもしれない。
　　隔日で、スクワット、立ちっぱなし、と、散歩、等。

　また、原先生が言う。
　　　　　（佐橋君のくれた記事。　また、補足A　参照。）
　　“言語がダメになっても、歌を歌って、
　　　また、陶芸、絵、文字、字盤、手話、パソコン等によって、
　　　　　気持ちを伝える、等、いろいろ手段はある。
　　　　　　　　　　　　可能性はある！！”

［2010年6月24日］
　学校に行く。　退職願の提出。　校長先生らと会う。
　　　　　　　　　　““ありがとうございました。””

　　　（読者の皆さん。　辞令交付まで、間があります。
　　　　　　退職しましたが、まだ、1ヶ月程付き合い下さい。）

手紙を、先生方・卒業生等に、書く。
　　　　　　退職の挨拶状、御礼。　　発送。　　「幸せでした。」

（身体機能を高めるため、「こころ」：週１回。
　　　　　　「シクラメン」：週３回とする。）

翌日から、洗濯物を洗濯機から取り出して、
　　　　　　　　衣紋掛けに吊す役目は、私の仕事とする。
　　が、面倒だ！　右手が、ダラーンとしたままである。
　　　　　　脚も不自由（バランスが取れない！）、
　　　　　　衣紋掛けを、口に咥えて、左一本で干す、等。
　　　　　　　　当然、母親に物干し台に干してもらう。

また、本の仕上げにかかる。
　（よほどのことが無い限り、原稿等は許可してくれると思います。
　　この場をお借りして感謝します。　　ありがとうございました。）

［６月３０日］　「シクラメン」へ行く。
　そこで懐かしい方に会う。　　片桐さん。
　　　　　　　　（2007 年 10 月ごろ、会っている。）

　私は、片桐さんが、涙する場面を、よく覚えています。
　　片桐さんが言われた。
　　　　　“なんで、こんな体になってしまったんだ・・・”

　私が、執念を持ち続けられたのも、片桐さんらの御陰です。感謝。
　（片桐さんは、最初、１ヶ月ほど字も書けなかったそうです。
　　奥さんに、手伝ってもらって、一生懸命、練習されたそうだ。）
　　　　　　　　（片桐さん：シクラメンの利用者さん。）
　　　　　　（片桐さんは、右脳がやられた。　　ショック症状？）

片桐さん

倒れた時の様子を綴った物。

［7月］
　加納先生に、足首のリハビリをやってもらっている、様子です。
（足首が、45°　開いている。）
（以下、Ⅰ～Ⅲも参考にして下さい。）

Ⅰ　足首の、リハビリ

Ⅱ　これはダメ！！
　がに股を、一生懸命に、治しているような感じだが、
実際には、全然、効果が無い！！（下の写真も、参照。）

Ⅲ　（真ん中の写真を、よく、見て下さい。
踵が浮いているでしょう！）

自分一人でやる時は、両膝を揃えて、
ゆっくり、ゆっくり、ゆっくりと、やる。
どうしても、踵（かかと）が、浮いてしまうので、
そこを、注意してやる。

応用として、ベッドの上で、
片足立ち（私の場合は、右脚。左ではない！　右の写真を、参照。）
　　　　　　１０分程度ジー、としてやると、いいと思う。
　　　　　　（気を抜くと、直ぐに、へたってしまう・・・）

15㎝ぐらいの踏み台を、使ってやるリハビリ。（アキレス腱伸ばし）
両足を床につけ、お腹を突き出すように、
　　　　　　重心を前方に移動させる運動。
　　　　　　（10㎝ぐらい、踏み台との間を開けると良い。）

平行棒を使ってやると、良い。

野村先生に、手伝ってもらって、脚の動きを良くする運動。
　（これが、出来れば、歩行は、ほぼ、大丈夫！（だ、そうです。
　　　　　　　　けれども、完全に治るとは、言えないらしい。）
（右脚を見て下さい。
　　原先生によると、"骨盤で引っ張り上げている。"とのこと。）

腕を４方向にあげる運動。　各方向で、５秒ぐらい保つ運動。
　呼吸は自然な形でやる。　右後方に意識をすると良い。
　　　　　　　　　　　　　　　　　　　　　（野村先生談）

① ② ③ ④

　重錘を持ってやると、肘が伸びる。
　重錘（じゅうすい）：重りが入ったリストバンド。
　　　　　　　　　　　　　　（写真は、500ｇの重さ。）
　　　　　（リハビリ器具は高い！　100円ショップで十分！）

ブルン・ストローム・ステージ
（麻痺の程度を表す物。
　詳しくは、理学療法士等の先生に聞いて下さい。
　国家資格を持った、理学療法士、作業療法士の先生ならば、
　　"貴方は、これぐらいでしょう。"と、答えてくれるはずです。）

　私が倒れた時、１とすれば、６段階ある。
　（私の場合、２年目から、歩行等も出来るようになったことは、
　　　　　　　　　　　　　　３〜４段に、入ったと思われる。
　　　先は長いけれども、諦めてはいけない！
　　　　　　　　　　　　　治るか、治らないかは、別物です。）

　私が勝手に、イメージした、図。（１〜６の数字、注意書きは正しいです。）

１　　倒れた時（ダラ〜〜〜ン、とした状態。）
２　　筋力が、（ピクピク）動き始める。
３　　腕や足が、動き始める。
４
５　　ぎこちないが、思い通りに動く。
６　　ほぼ、治った状態。

正常なレベル

[注：人それぞれです。
　　段階を踏まなければ、一足飛びには、無理という話です。]

[注：上記のことは、身体的な物ですが、
　　　精神的な物として、障害を、負った方が通る心理的過程として、
　　　　　　　　「障害受容」という物があるそうです。
　　　用語の詳しい説明は、リハビリの先生に聞いて下さい。

　障害を負った方でも、脳卒中を起こされた方でも、生き生きとして、
　　　　　　暮らしている方は、いっぱい、いらっしゃいます。
　そういう方に、付いていくこと、真似することは、
　　　　あるいは、『努力』することは、大切なことだと思います。]

また、こんな運動も。　右脚、左脚も、同様にすると、良い。

これは良くない例。　（右側）　共同運動しか、出来ない。
　（片麻痺の方は、丸太をひっくり返したような感じになる。）

こっちが、良い例。　（左側）　分離運動が、出来る。
　（下の連続写真、参照。　肩、腰が、順番に、動いているでしょう！）

［７月２１日］　野村正成先生が、言われる。

　　科学と医学の進歩により、まだまだ、解明されていないものが
　　　　　　　　　　　　　　　　　　　たくさんあります。
　　常に、可能性を信じて取り込んでゆくことが、最大の近道である、
と思います。　私も、多くの学生を世の中に送り出してきましたが、
全ての学生に、このような教え方をしながら、日夜の勉強が大切だ、
と言い聞かせました。

「未知との遭遇」という映画もありましたが、
　　これからの医学も全て未知と遭遇であり切り開いていく物です。
　諦めないで、失われた能力をいかに残っている能力で代償し、
　　　　　　　いずれ訪れる、可能性を信じて、
　　　　　　　　　　　　　　　　　頑張って欲しいと思います。

加納先生が、言われる。
　　“頑張って！”とは、言えない。
　　“肩の動きは、必ず、治るよ！”とも、言えない。
　　　元通りには、ならないと思うが、
　　　　　　　　　　元と近い状態には、なる可能性がある。
　　　　　　　テイラー博士の言葉が、一番かなぁ・・・・・

　　[注：2008/5　野村先生の言葉。“亜脱臼は、多くの方は、治るよ！”
　　　　2010/7　加納先生の言葉。“肩の動きは、治るよ！”は、
　　　　　　　　　　　　　　　　　　　全然、違います！]

　どうしても、楽な方へ、楽な方へと流れて行ってしまう。
　　　　　　　　　　　　　　　　　　それは、注意してね！

それから、「痛いから、大丈夫！」とは、言えない事もある。
我慢してやっても、かえって、逆効果になることもあります。

それから、ここが、最大のポイントだけれども、
「もう、疲れた・・・　もう、終わりにしよう・・・」とは、
　　　　　　　　　　　　　　　　ならないで欲しい。
気分を細く、長く、持ち続けて欲しい。
一旦、休むことはあっても、また、起き上がって欲しい。
テイラー博士のように、細く、長くやって欲しい。

私が、取り組んでいる、運動、等。

（各、３回〜１０回程度。　あくまで、参考にして下さい。）

① 指を組み合わせる、運動。

② 特に、親指を立てる、運動。

③ 小指を立てる、運動。　（人差し指、中指、薬指でも、同様。）

④ 変な、立ち方をしていると、返って、悪化します。
　　　　　　　　　　　　　（写真は、省略します。）

⑤：姿勢を正して（座る、立つ）、歯磨きを自分でやる、
　　便所に自分で行く、頭を自分で洗う、服を自分で着る、
　　箸を使う、装具を自分で付ける等、
　　　　　　　全てに渡って、生活全般を、意識すること。
　　　　　　これを、「生活リハビリ」と言う。

⑤　手首をひねる、運動。　　　　⑥　手首をひねる、運動。

⑦　腕を突き出す、運動。　　　　⑧　脚の腱を、揉む運動。

⑨　上体の、運動。　　　　　　　⑩　上体の、運動。
　（⑨と⑩は、違います。　でも、共に、良くない写真です。
　　　力まずに！　⑩は、正面に向かってやることが、大切です。）

以下、＊ふくらはぎを、揉む運動。　　　　　＊脚を、ずらす運動。
　　　＊脚の指先を、上げる、運動。
　　　＊一本ずつ、骨の間を、ほぐす、運動。（脚、手）
　　　　　　　　　　　　　　　　　　さするのでは、無い！
　　　＊靴下は、５本指が、いい（そうです）。
　　　＊指は、麻痺の影響で、皮と爪が、ひっついてしまう。
　　　　こま目に、掃除する。　等々・・・・・

［2010年7月22日］　　学校に行く。　校長先生らと会う。

退職の辞令を頂く。　　　涙ぐむ・・・

ありがとうございました。　本当に、ありがとうございました。

拙い文章で、申し訳ありませんでした。
　「脳卒中からの改善　1（前半）」は、これで、終わりです。

脳卒中にかかられた方の気持ちは、分かりましたか？
また、失語症等の方を、抱えている御家族等の方々。
　参考になりましたか？　脳卒中の方々。　回復を、祈っています。

さて、講演会の練習をするぞ！！
　（講演会用の原稿は、すでに、作ってある。　1週間、ミッチリ練習！）
　　　後は、中津高校における講演会、終章、補足、後書きのみです。

後日でいいから、洞田和園先生に、題字をお願いしよう！
　　　　　田口昌宏さんに、絵を、お願いしよう！
　　　　　荻野　真さんに、帯を、お願いしよう！
　　　　　早川直彦さんに、額を、お願いしよう！

出版社等からの返答を待って、
　原稿を作り直して、それから頼みに、ワダさんの所へ行こう！！

中津高校に於ける、講演会の原稿。

（2010年　7月29日（木））

（原稿を持って、読みました。　壇上には、上がれませんでした。）
（参加者は、在校生、約650人。　中津高校の教員、約50人。
　　　　　　　　　　　　　　　教え子、元同僚等、約30人。）

こんにちは。　本日は、私の講演の為に、時間を割いて頂き、
　　　　　　　　　　　　　　　　　ありがとうございます。
私は、吉村正夫、と言います。
つい、先日、3年半の休職期間を終え、退職しました。
この中には、もう、知った生徒はいないと思います。
先生方も、ずいぶん変わってしまいました。

言葉が不自由ですので、断っておきます。

Ⅰ、　骨子
まずは、講演の骨子から、話そうと思います。
私は、２００７年1月２３日に、脳内出血で倒れました。
　　　　（中略。　本文を、参照して下さい。）

Ⅱ、　可能性を信じて！！
中津川市民病院、下呂温泉病院、計8ヶ月入院し、
　　　　　　　　　　　　　　　地元に戻ってきました。（中略）
4ヶ月ぐらいして、元同僚から、電話がかかってきました。
　でも、私は、何も、話せませんでした。　悲しかったです・・・
　　　　"これでは、ダメだ！！"、という、気になりました。
施設のお年寄りの方も、救ってくれました。
　９９歳の方が、言われた。　"必ず、努力が実るよ！"
　また、８８歳の方が言われた。
　　"痛いから、大丈夫！！　生きている証拠！"
また、あるリハビリの先生が、こう言われた。
　"3年間は可能性がある。"

その時点が、分かれ道でした。
　"これでは、ダメだ！！"、という気になってやるか、

　　　　それとも、“もうダメだ・・・”、と言う具合で、
　　　　　　　　　　　　　　　　　　落ち込んでしまうか。

あとは、見ての通りです。
歩行も、不安定ながら、出来ます。
　腕も、多少、上がるようになりました。
　　（肩の上げ下げを、やってみせる。（略））　　言葉も喋ります。
　　　計算も、多少、出来ます。
　字も、下手くそながら書けます。　　パソコンも、使えます。

私は、苦労したとは、思っていません。
ここでは、省略しますが、興味のある人は、本を、読んで下さい。
　（本を取り上げて見せる。）　　図書館にも、入れてあります。
一念発起で頑張るかは、あなた次第です。

もう一度、言います。　　最後は、自分です。　　これでは、ダメだ！！

一寸、高校生の皆さんと、よく、似ていませんか？

さて、本題に入ります。

君たちは、同級生とばかり付き合いをしていませんか？
お年寄りの方も、大切にすべきでは無いでしょうか？
　もう、古いとか、遅れているとかは、ないと思います。
あるいは、学校とか、塾ばかり、頼っていませんか？
　宿題は、キチンと、やっていますか？
　　“まあ、いいや、・・・”とは、なっていませんか？
　　　　　１０回練習すべき所を、５回で済ませていませんか？
　　　　　１１回、１２回やっているでしょうか？
貴方は、努力していますか？

３年間は、頑張れるはずです。
楽しければ良い、愉快であれば良い、はたまた、
　グータラの生活であればよい・・・、とは、決別してはどうですか？
３年間は、テレビも、ゲームも、携帯電話も、必要ないと思います。
ひたすらに、没頭するべきことに、没頭すべきです。

君たちは、まだ、若いと思います。　　可能性はある、と信じています。

Ⅲ,　ノーマライゼイション

さて、私の様な者を見て、どう思いますか?
言葉も不自由です。　壇上にも、上がれません。

惨めでしょうか?　可哀そうでしょうか?

前を進む者にとっては、全然、何ともないことです。
いわば、それが、教員としての役目では無いでしょうか?
学校の中だけで、“教員だよ!”と、いう顔つきをしていても、
　　　　　　　　世間では普通の人と、何ら変わりは無いと思います。

教員でも、いずれ、定年は、回ってきます。
病気になったことは、仕方がないことです。
それが、前を進んでいく者の、役目では無いでしょうか?

けれども、いわゆる、“障害者”という定義付けに入る事は、
　　　　　　　　　　　　　　　　　　　私は、嫌いです。

みんな、生きています。　この世に、生を受けた者たちです。
病気の方もいるでしょう。
　生まれつき、寝たきりの方もいるでしょう。

誰しも、好きこのんで、障害者と、言われる人に、
なったわけではありません。　もう一寸、視野を広げてみて下さい。

障害者の方を、閉め出さないで下さい。
「障害者は、障害者の施設を利用すればよい。」、
　　　　　　　　　　　　　　という訳ではない、と思います。
住み慣れた地域で、その人らしく生活できることが、
　　　　　　　　　　　　　　　望ましいと考えます。

もう一回、言います。
障害者という、言葉は、嫌いです。

ノーマライゼイション、という言葉があります。
　デンマークのミケルソンの提唱した、言葉。
　「人として当たり前の生活が、送れるように社会全体を整える」と、
　　　　　　　　　　　　　　　　　　いう考え方です。

どうですか?　今の社会はこういう風に、なっていますか?

Ⅳ， 幸せですか？

先日、テレビを見ていると、「幸せ度」と、言う物をやっていました。

そこでは、ブータンという国の、事をやっていました。
９７％の方が、幸せと言っているそうです。
北欧の国の方々は、８５％の方が、幸せと言っているそうです。

では、日本の方は、どうでしょう？
なんと、６５％の方しか、幸せと応えていない、
　　　　　　　　　　　　　　　　と、言う回答をやっていました。

何故でしょう？　疑問です。

　お金を持つ。　洋服、宝石を持つ。　あるいは、名誉欲を持つ。
　それとも、健康であり続けたい。
　それとも、勉強、また勉強。　そして、受験。　大学等に、進む。
　　　　　あるいは、一流の会社に入る。　そして、・・・・・・

果たして、それがいいのか、悪いのかは、分からないです。
時には、私の様に、病気になることもあるでしょう。
悩み、苦しみ、怒り等もあります。

けれども、可能性はある、可能性は無限にある、
　　　　　　　　　　　　　　　　と、信じて欲しいです。

君達は、まだまだ、人生という物が、始まったばかりです。

この講演を聴いて下さった方々。　私は、幸せです。

　　　　　　　　　　ご静聴、ありがとうございました。

　　　　　　　　　　　　　　　　（講演会　終わり）

今日は、吉村先生の「退職講演会」に出席させ
ていただき、ありがとうございました。
　先生のお姿を拝見していると、在職中の授業や部活動
教務部などで誠心誠意、仕事に頑張られていたお姿
を思い出します。今日の「退職講演会」は、先生が一番
輝いていたように見えました。お身体が不自由になられ
た後、幾多の試練を乗り越えられた先生のお姿
は、言葉では表せない輝きがありました。人は、何事に
も無心になって打ち込む姿は美しいものです。
　中津高校の生徒諸君も先生のお話と生きる姿
に感動してくれたと思います。教師として、生徒たち
に教えておきたい事がたくさん残っていたと思います
が、今日の「退職講演会」は感動と勇気・希望
と与えるすばらしい講演でした。
　ご退職、ご苦労様でした。これからも希望に
向って精進されることをお祈り申し上げます。
　ありがとうございました。

丹羽　肇先生（元中津高校校長）からの、手紙。

先日は　ありがとうございました。
又、離任式という大事な式に同席させて頂きありがとうございました。
正夫さんにもお話させて頂きましたが、とても感動しました。
前に立ち話をしている正夫さんは今まで見たことがない姿でした。
先生でした。
色々な思いがあって今日までリハビリに取り組んでみえたと思います。
私はこの仕事に就いていますが、いざ正夫さんと同じ立場になった時、
はたして、あんなに強く進むことが出来るのだろうかと思います。
正夫さんの周りに居ただけで、私は何もしていなかったように思います。
すべて正夫さんと　ご家族が強い思いを持ち進んでみえたと思います。
正夫さん、ご家族に出会えたことに感謝します。
ありがとうございます。

矢頭さんが、ノートに、書く。

さて、最終章です。

読者の皆さん。
私が倒れた時、夢を見た、といった話は、覚えていますか？
また、中日新聞の本田英寛記者が、取材に来てくれた時、
　“「ありがとう」とは、どういう意味ですか？”と、
　　　　　　　　　　　　　　　　　聞いたことは、覚えていますか？

夢の中に出てきた方よ。　ありがとう。（教え子）
“これでは、ダメだ！！”という、気にさせてくれて、ありがとう。
　御陰で、立ち直れた。　ありがとう。
　御陰で、多くの方にも、勇気、希望が与えられたと思います。
　　　　　　　　　　　　　　　　　　　　　　ありがとう。

貴女の、好きな詩を、贈ろう。
　（表紙のデザインは、この詩をイメージして、
　　　　　　　　　日本画家：田口昌宏さんに、描いてもらいました。
　「水のいのち」（カワイ出版）（混声合唱組曲　高田三郎＝作曲、
　　　　　高野喜久雄＝作詞）、「５　海よ」より、一節を引用。
　　　　高野さんのご遺族の方。　ありがとうございました。）

　　　　　　おお　海よ
　　　　　　たえまない　始まりよ
　　　　　　　あふれるに　みえて
　　　　　　　あふれる　　ことはなく
　　　　　　終わるかに　みえて
　　　　　　終わることもなく
　　　　　　億年の　むかしも　いまも
　　　　　　そなたは
　　　　　　いつも　始まりだ
　　　　　　おお　空へ
　　　　　　空の高みへの　始まりなのだ

いよいよ、長い手紙も、終わりです。
　　　　“先生・・・　　　元気でいてね・・・・・・”

大丈夫です。　元気です。
　　　でも・・・　　もう・・・　　　先生では、ありません。

　　　　こっちに、おいで・・・　　　ありがとう　　　（完）

三重県伊勢市のアマチュアブルースバンド「JRB」のメンバーで、一昨年三月に脳梗塞で倒れ、失語症になった同県松阪市駅部田町の会社員野呂昇司さん（五五）が、舞台に復帰した。妻のトヨ子さん（五五）は、言葉を失った夫の演奏に、静かに耳を傾ける。

昇司さんはブルースハープと呼ばれる小ぶりのハーモニカを演奏する。始めた時期も理由も、今は言葉を失った昇司さんしか知らない。「楽器を演奏しているなんて最初は全然知らなかった。普段から深い会話をするわけでもなくて」とトヨ子さんは笑う。

一人でこっそり演奏していた昇司さんだが、仕事を通じ現在の

失った言葉 音楽で表現

虹

ライブに向けてブルースハープを練習する野呂昇司さん＝三重県伊勢市で

バンドメンバーと知り合い、二〇〇〇年から小さなライブハウスや飲食店で活動を始めた。

「夫の大切な時間を邪魔したくない」。うすうす趣味に気付いていたトヨ子さんだが、当初はライブ会場に姿を見せなかった。昇司さんが倒れたのはトヨ子さんが本人に誘われて徐々に足を運び始めた直後だった。

入院して約一週間。ベッドに横たわる昇司さんはほとんど反応しない。ところがある日、バンドメンバーが練習音源を収録したCDを病室で流すと昇司さんは突然、涙を流した。「何かのきっかけになってほしい」。トヨ子さんは願った。

約五カ月の入院生活と自宅療養の後、周囲の勧めもあり、昇司さんは昨年十一月、ステージに再び上った。十数人を前に二十分間ステージに立った。トヨ子さんは「失敗して半べそをかくんじゃないか」と心配したが、変わらない夫の姿があった。

「言葉を失った夫に音楽があって良かった」。以来、夫の言葉を聞きにライブに足を運び、昇司さんに近い席に座る。「言葉にならなくなった伝えたいことや感情を表に出そうとしている」。夫の言葉を聞き逃さないために。

（伊勢支局・渡辺大地）

中日新聞の記事より（2010/8/17付け）

記事：B、C、Dがありましたが、
　　　あまりにも、字が、小さすぎるので、省略します。
記事は、中日新聞、松本支局：武井孝博記者の物でした。
武井孝博記者は、御自身も、失語症になり、
　　　そのことを、記事にされました。

社会復帰支援に格差

高次脳機能障害

窓口整備も　無理解に苦しむ

いきいき人生

交通事故などによる脳の損傷が原因で記憶力、注意力が低下し、社会生活が困難になる「高次脳機能障害」。国が対策に乗り出したのは十年前で、診断基準が確立し、相談窓口を各地に設備された。当事者を取り巻く環境は改善されたものの、支援の取り組みや環境には地域格差が大きい。（佐藤大）

名古屋市中区平和の「ワークスみのり」は、高次脳機能障害の人を対象にした就労支援施設で、障害者と同市のNPO法人「脳外傷友の会みずほ」が「同じ障害の人が働く場を」と二〇〇〇年、市内の別の場所に設立。〇七年に現在の場所に移転した。

近年増えつつある同所の利用者。愛知県一円の利用者約三十人が週に一～五回通い、封筒の袋詰めなどの軽作業に取り組む。工賃は目平均三千円以下だが、再起に向けた支援が同所の狙いだ。

施設が少しずつ高次脳機能障害が地域に定着してきた十年だが、高次脳機能障害に特化した支援施設の増加、診断基準を定めた精神障害者手帳の取得が進み、全ての都道府県に相談窓口が設けられたほか、福祉関係者や多くの理解を得た。

この十年ほどで、高次脳機能障害を理解しケアするのがスタッフの役目だ。脳の損傷が原因で小さなことが原因でが強くなる人には、突然気持ちを落ち着かせる。利用者がマイペースで続けられるよう役割が欠かせない。

利用者の目的も必要だ。忘れやすいにメモを取りしやすい人にはメモを取り、こうした経験を積むことが障害の改善につながる」と施設長の田幹子さんは話す。

普通に見える利用者にもうつなどを生じやすい。記憶障害をカバーしようと手順をメモし、障害を理解し作業を補助するのがスタッフの役目だ。

詳しい岐阜医療科学大（岐阜県関市）の阿部順子教授によると、全国の相談窓口ができた一方、機能訓練や就労支援など地域格差が大きいのが実態だ。先進地では、支援の三大要員が増えて職員に過重な負担がかかるなど、新たな問題も生じている。

もっとも、この障害は野球などで障害に気付く当事者が専門機関に相談できるケースも現れている。

も広がり、十年以上前の事故発生後に気づくなどして障害と分かるケースもある。

「この前、教えたことなのにできないか」と家族が周囲から無理解に苦しむケースもあるという。

阿部教授は「脳の障害だから比べてもよく直るものではないが、という支援があれば社会で活躍できるということを知ってほしい」と語る。

◇

「みずほ」などでつくる実行委員会は八日午後一時から、名古屋市中区栄の中区役所ホールで「脳外傷のリハビリを語る講習会」を開く。当事者や家族が体験を語り、医師と意見を交わす。無料。問い合わせは「みずほ」＝電０５２（２５３）６４２２。

同じ障害の人が働ける仕事に同じ人が通える「なぜ」と当事者や家族が周囲の無理解に苦しむケースもあるという。

中日新聞の記事より（2011/10/5 付け）　（注：資料を一部加工）

介護認定と、障害者手帳（半身不随、言語等の記録）は、違います。

全然、別物です。
　詳しくは、ケアマネージャーさん等に、聞いて下さい。

介護認定調査用紙には、「特記事項」を、記入する欄があります。
　　困ったら、
　　　　　そこを有効に利用すれば、良いと思います。
　　（失語症、半身不随、高次脳機能障害、等。）

　　　また、困る事があれば、調査員に、
　　　　　　　　　　「残らず、言えば、良い。」と思います。
　　　（他にも方法はある。　地域包括支援センターを活用、他。）

また、介護認定審査会と言って、
　　　　　　　　　医師や有識者が作る、機関があります。

調査員には、
　　介護認定を上げる・下げる等を言う権限は、
　　　　　　　　　　　　　　　　ありません。

お願い：
　　"上記のような事は、どうでもいいでしょう。"と言われる方は、
　　　　　　障害者、病気の方の気持ちを、分かって欲しいです。

　　　　　　　　　　　　　　惨めになります。

補足　F

若年脳損傷リハビリ病床

全国初、長野の病院に開設

４月

中日新聞　2011年（平成23年）1月6日（木曜日）©中日新聞

病気や事故で脳に損傷を負った「若年脳損傷者」専用のリハビリ病床が四月、長野県厚生農業協同組合連合会が運営する鹿教湯三才山リハビリテーションセンター（同県上田市）に開設される。家族らでつくる「若年脳損傷者ネットワーク」（大分県）によると、若年脳損傷者専用のリハビリ病床開設は全国で初めて。若年脳損傷者は法律のはざまに置かれて十分なリハビリなどが受けられないことが問題になっている。

脳に損傷を受けると、手足が不自由になったり、言語や記憶に障害が起きて意思疎通が難しくなったりする。だが、若年（十八〜六十四歳）の患者は一部の病気を除いて介護保険などの対象から外れ、長期のリハビリが必要でも医療制度が不十分なため入院を拒まれるといったこともある。

現行の医療制度では、発症から二カ月以内の回復期（脳損傷の場合、入院上限は百八十日）を過ぎると、一

センターが運営する三才山病院に開設し、十六床用意する。これまでもリハビリ訓練が大幅に削減されるが、同病院は病態に応じて現行の十倍以上の一日二百二十分（最長）のリハビリを実施する。

若年者はリハビリをスムーズにする。

り、職場復帰を果たした患者もいる。

若年脳損傷者ネットワークによると、全国的な患者数の統計はないが、二〇〇六年の長野県の調査で県内の七十六人が該当することが分かったが、回答は一部にとどまり実数はもっと多いとみられる。

続ければ機能回復するケースがあるためで、同病院ではつえを使った歩行が可能になった

鹿教湯三才山リハビリセンターは、長野県

厚生連が二〇〇七年、長期間のリハビリを中心とした三才山病院と、回復期医療を中心とした鹿教湯病院、豊殿診療所などを統合し設立した複合医療・福祉施設。病床数は六百六十六。

多様なリハビリを

日本リハビリテーション医学会の里宇明元理事長の話　脳損傷者は、必要なリハビリを必要なだけ受けられるという状況には程遠いのが現状。身体だけでなく、専門医による定期的な診療や、復学のための教育、就労・職場復帰を目指した職能訓練などが求められており、三才山病院の取り組みに期待したい。

中日新聞の記事（2011/1/6付け）より

123

急性期、回復期、維持期と、分かれているけれど・・・・・・

私の体験からすると、
　　　　　　　　"脳内出血は、改善する可能性もある。"と、思います。

私の場合、こうも良くなったのは、
　　　　　　　　病院、施設の先生に、頼りきりではなく、
童謡を歌う、"恥ずかしがらずに、喋る！"、口真似、音読、散歩、
それから、模写、下手でもいいから字を書く、
下手でもいいから文章にする手紙を書く、パソコンをかまう、計算、
　　　料理を作る、洗濯物を干す、
　　　　　　クイズに応募する（いずれも、左手のみでやった）、
　　　　　電話をかける、積極的に外に出る、
後は、"手記を出版する！"、"新聞に載せてもらう！"
　　"恥ずかしからずに、講演会を開いてもらう！"等。
　　　ありとあらゆる手を使って、何でもかんでもやって見たことが、
　　　　　　　　　　　　　　　　　　　　良かったと思います。
また、興味のある、新聞、本、テレビ等を、有効に利用して、
　　　　　　　　　やったことが、良かったと思います。

また、この文中に出た施設等に向かって、
　　　"お願いだから、治してください！"と言う事は、
　　　　　　　　　　　　　　　　「無理だ。」と、思います。

私は、運良く、いろんな方々と、出会えたのみです。

ヒントをもらったら、後は、自分のやる気、根気だと思います。

（御家族の力も、大きいと思います。

　　ただし、病気の方に向かって、
　　　　　　　　　　「頑張れ！」とは、言わないで欲しいです。

　　また、周りの方からも、
　　　　　　　　　「治るでしょう！」とは、言って欲しくないです。）

野村先生が、言われる。

"マウス等で実験をしようとも、未解決な部分、未知数な部分がある。

人間の体、特に、**脳は不思議だ！　未知数だ！！**

だから、まだ、可能性がある！！！"

テイラー博士の本から。　　（特に、8,9 章。）
　ジル・ボルト・テイラー著　「奇跡の脳」　　竹内　薫訳　新潮社

"回復が順調だった理由のひとつは、
　　ＧＧ（テイラー博士の母親）と、
　　　　　　　　　わたしがきわめて辛抱強かったこと。
二人とも、できなかったことに、
　　　　　　　くよくよしませんでした。

脳卒中で一命をとりとめた方の多くが、
　　　　　　　自分はもう回復できない、と、嘆いています。
でも本当は、彼らが成し遂げている小さな成功に、
　　誰も注意を払わないから回復できないのだと、
　　　　　　　　　わたしは、常日頃考えています。
だって、できることと、できないことの境目がハッキリしなければ、
　　　　　　　次に何に挑戦していいのか、わからないはず。

そんなことでは、回復なんて、
　　気の遠くなるような話ではありませんか。"

（吉村正夫）
**　人生は、可能性が、あふれている、と思います。
　　　　きっと、あふれているはずです。
　人生は、無限では、無いはずです。　有限です。
　　　　　可能性を信じて！！**

「新装版　失語症　言葉がしゃべれた！！」を、

一部分、入れます。

5章

私の考え・感覚では、

口真似と模写が、最も、重要なポイントです！！
焦らずに、何度でも、やって下さい！！！

また、「塗り絵」など、90％、必要ないです！！
塗り絵を、**無言でやれば、**
言葉がしゃべれるようになりますか？
塗り絵は、概形が示してあるので、勧めません。

そんな時間があれば、**白紙**に、落書き・模写でいいから、
何でもいいから、かくことを勧めます。

また、童謡（メロディーのみ）を、口ずさんだほうが、いいです！

参考：家族と一緒にやるときは、次の方法もあります。

＊焦らずに、やる。　　（決して、怒ったりしないで！）

＊家族："そら ｛が｝ 、はれた。"
→　本人："そら ｛が｝ 、はれた。"

（まずは、"そらが、はれた"と、普通に喋ってから、喋る。
棒読みではなく、健常者の方が、普通に喋れば、
アクセントがつくと思います。）

＊6文字ある。（"そら ｛が｝ 、はれた。"）
一緒に、指を折って、数える事も、一つのテかと、思います。

再び、**失語症・高次脳機能障害に、ついて。**

もう一度、言いたいです。　吉村正夫は、**ド素人**です。

私が、何故、失語症・高次脳機能障害が、改善したのか？
　　　　　　　　　　今持って、**分かりません・・・**

世の中には、治せる病気は、ほんの少ししか、ありません。

星の数ほど、病気があって、
　　　　　　治せる病気は、ほんの少ししか、ありません。

脳卒中の、**症状は、人、それぞれです！！**

失語症と言っても、種類は、あります。
　10種類、100種類、10000種類、・・・・・・

高次脳機能障害も、100種類、10000種類、・・・・・・

　　　　（「失語症」という症状も、
　　　　　　　　　　別段、名前を付けてあるのみです。）

それを、**素人**が、「脳卒中が、治りました！」と、いう意見には、
　　　　　　　　　　　　　　　　　　納得いきません。

可能性は、信じたいです！！

　「失語症・高次脳機能障害」は、
　　　　　　　　　　　　　私には、分かりません。

　　　でも、私の考えを、話します。　参考にして下さい。

（例）　赤ん坊が、誕生する。
　　「おぎゃあ！　おぎゃあ！　・・・」と言って、泣き声を、あげる。
　　　　　　　　　　（かも、知れない・・・
　　　　　　　　　　死産になってしまう、可能性も、ある・・・）
　　「まんま！　まんま！　・・・」と言って、
　　　　　　　　　　　　　声を、出し始めるかも、知れない！！

　　それと、同等なこと、脳卒中で倒れる！！
　　　　　　死んでしまう、可能性も、ある・・・
　　　　　　改善する可能性**も、ある！！**

頑張って欲しいです！！

「もう、ダメだ・・・」と言うより前に、まずは、
　　　　　　何でもいいから、やってみて欲しいです！！
「ぼ〜〜〜・・・」としていても、時間が、勿体ないです！！

・五感に、働きかける！！
　　　　　　　　（視覚、聴覚、触覚、味覚、嗅覚。）
　　　　視覚：目で見る。　テレビを見せる！！　等
　　　　聴覚：小さな音量で、耳元で、ささやく！！　等
　　　　触覚：さすってみる。　つねってみる！！　等
　　　　味覚：酸っぱい、物を、食べさせる！！　等
　　　　嗅覚：臭い物を、かがせる！！　等

・落書きを、やらせてみる！！　模写を、やらせてみる！！
　　真似を、やらせてみる！！　（笑顔を真似させる！！　等）

・自分で、急須（きゅうす）に、お湯をいれて、
　　　　　　　　　　　　　　お茶を淹れさせてみる。
　　（高次脳機能障害の方は、これが、出来ない方も！）

・何でも、いいから、声に出す！！
　　一緒に、童謡を、歌ってみる！！

　　　　　　　　　　　　・・・・・・・・・・・

いろいろな文献を、引っ張りましたが、
　今一つ、明確な答えが、見つかりませんでした。

高次脳機能障害は、「難しい物だ！！」
　　“「ふわふわ」した物だ！！”と言えるかも、知れません。

　　　　　　　　　　　　　　　　参考にして下さい。

高次脳機能障害：
　　脳損傷に起因する認知障害　全般

症状：失語・失行・失認
　　　記憶障害、注意障がい、遂行機能障害、
　　　社会的行動障害、（他にも、いっぱい、あるそうです！）

失語症：質問が、理解できない！　単語が、出てこない！　他

失行症：ハサミや、箸の使い方が、わからなくなる！　他

失認症：触っている物が、何か、分からなくなる！
　　　　人の顔を見て、誰かわからなくなる！　他

以下、4つは、行政のこととして、扱われることが、多いそうです。

記憶障害：物の置き場所を、忘れる！
　　　　　新しいできごとを、覚えられない！
　　　　　同じことを、繰り返し質問する！　他

注意障害：ミスが多い！
　　　　　二つのことを同時に行うと混乱する！
　　　　　　　（例：テレビを見ながら、食事がとれない！）
　　　　　作業を長く続けられない！　他

遂行機能障害：自分で、計画を立てて、
　　　　　　　　　　　　物事を、実行することが、できない！
　　　　　　　約束の時間に、間に合わない！
　　　　　　　優先順位をつけて、動けない！　他

社会的行動障害：自己中心である！
　　　　　　　　子どもっぽい！
　　　　　　　　感情を、爆発させる！
　　　　　　　　思い通りにならないと、大声を出す！　他

他にも、まだまだ、あるそうです！！

半側空間無視：左側に、注意が向かない！
　　　　　　　歩いている時に、左側にぶつかる！
　　　　　　　茶碗にあるご飯の左側が、残っている！　他

病識欠落：自分ができなくなっていることを、指摘されても
　　　　　　　　　　　　　　　　　　自覚できない！　他

高次脳機能障害は、私のような、**ド素人**には、分かりません。

でも、「**可能性は、ある！！**」と信じたいです！！

「脳卒中が、治りました！**（あり得ない！！）**」とか、
「脳卒中は、治るよ！**（自分で、やれよ！！）**」とか、
「努力すれば、生活の質は、向上する！
　　　　　　　（断定、できない！！）」等、は、
　　　　　　無視して、振り回されることなく、
我慢！！　我慢！！！
ひたすら、**我慢して、頑張って欲しいです！！**

家族の方。　応援しています。

脳卒中（**特に、高次脳機能障害**）の方には、
「別の**混沌とした、世界**等が、見えている」
かも、 知れません。

家族の方、等。 **焦らずに！！　腐らずに！！**

2007年5月ごろ。　　（私が、下呂温泉病院の、入院していたころ。）

田口昌宏さんの、息子さんが、落書きを、書く！！　当時、3歳ごろ。
　　（「手記　こっちに、おいで・・・」の、装画を書いてくれた方。）

お母さん：あっ！！　（と、言って、息子さんを、止める！！）

それと、同じことで、**脳卒中の方は、別の世界**が、
　　　　　　　　　　　　広がっているかも、知れません。
（まだ、脳が、「“ふにゃふにゃ”した、状態」、
　　　　　　「固まっていない、状態」かも、知れません。）

脳卒中の方には、
「自由に、やらせては？」と、思う！！

（例）　・色を、付ける。
　　　　・形を、変化させる。
　　　　・自由に、やらせる。　　等

これは、分からないので、**やってみることが、大事！！**

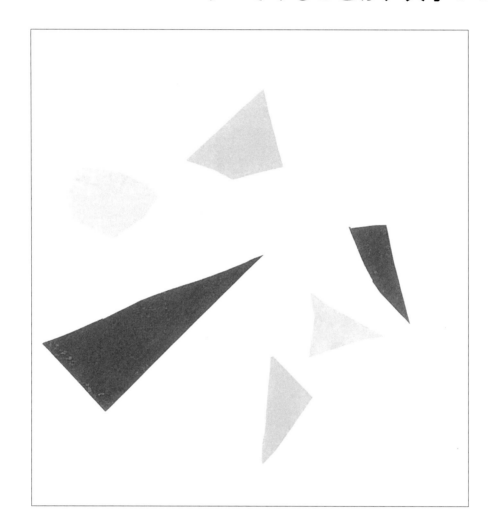

そして、ほめる！！　褒める！！
褒めちぎって、やることが、大事！！！

「何で、こんなことも、出来ないの！！」と、
いうことでは、無くて、**別の可能性が、ある！！**

可能性を、信じて！！

Ｋさんの、息子さんからの、手紙。（２００７年９月ごろ）

せんせい

たいいんおめでとう
がんばれ

これで来年 小学校へ行けるの
かしらん？

Ｋさん：「これで、来年、小学校へ行けるのかしらん？」

脳卒中の方には、焦りは、禁物です！！

そして、ほめる！！　褒める！！

褒めちぎって、やることが、大事！！！

焦らずに！！　焦らずに！！！

「出来た！！　完成！！」

芸術・芸術家は、**自由だ！！**

それと、同じことで、
　　　　高次脳機能障害の方も、自由だ！！

「完成だ！！」と言ったら、誰が言おうとも、「完成だ！！」

それを、型に、はめこんで、
　　　　「こうしなければ、行けない！！」という、意見には、
　　　　　　　　疑問が、残る！！！

光　射す

田口昌宏さんの装画

田口昌宏さんの装画

失語症は、誰にもわかってもらえない孤独病である。
この本は、脳内出血でことばを失い、
絶望感を抱いていた著者が、
懸命に苦境を乗り越えていった実記である。

在宅言語聴覚士　平澤 哲哉

私の写真

後書き

本を、読んで下さった方々。　本当に、ありがとうございました。
文責は、全て私にあります。　説明不足の点等は、許して下さい。
　もう一度、言います。　私の本は、手記です。

文中、私は、良い人間として、登場しましたが、
　　　　　　　　　そんなことは、ありません。　悪いこともしました。
また、極めていい加減な、人間です。
　　　　　　　　失敗もしたし、傷つけた方もある。　必ず・・・
言い訳ばかりの、人生でした。
　私の教員生活で、迷惑をおかけし方々。
　特に、教え子の方々。　謝ります。

ある高校の時、担任していた生徒を、２人亡くしました。
　　　　　　　　　　　　　　　　ご冥福を祈ります。

そして、私に関わった全ての方々。　謝ります。
　　　　　　　　　　　　本当に、すみませんでした。

どうか、この手記に免じて、また、この身を持って、許して下さい。

私は、「こころ（言語療法）」を、2011年2月一杯で、止めました。
施設に通っていても、すらすらとは、喋れないので、止めました。
周りの方は、"良くなっている！"と言って下さるが、
　本人は、実感が無いです。（相変わらず、自由な会話になると、
　"私が、・・・で、に、・・・お茶、・・に、は、を、下さい。"
　　　　　　　　　　　　　　　と、言った調子です。）

ある方は、"どうして、「こころ」を止めてしまうの？"と、
　　　　　　　　　聞いてくれますが、言語療法は、もう、いいです。
笑われても、恥ずかしくも、何でもありませんから、結構です。
　　　　　　　時間が、勿体ないです。　訓練は、自分でやります。
　　　　　　　　　　　　　　　　お世話になりました。

長野失語症友の会（発行）の、チラシによれば、
　"失語症は、よい刺激と安心して暮らす環境があると、
　　　　　　少しずつ改善する。"と、あります。
　　　　　　まあ、それに、かけてみよう！、と思います。

138

「虐め」に遭っている、障害者の方々。
私も障害者として、虐めにあったことが、多々あります。
　それ以外の「虐め」に遭っている方も、敢えて言います。
　　　　　　　　　　　　　　　　　　　　頑張って下さい。
せめて、「障害者」ではなく、
　チャレンジド・ピープル（challenged people）と、
　　　　　　　　　　　　言う言い方に、変えて欲しいです。

私が出来るのは、可能性を信じて、ひたすら努力すること、
　　　障害者の気持ちを伝える本、半自筆の本を作る程度の事です。

私は、本を作り上げるのに、発病からは、約６年半、かかりました。
「手記」とは、事実を綴った物だから、時間がかかります。
（"手記　ありがとう"では、思いつきで書いたので、よかった。
　　　いざ、"全国版にしよう！"となると、
　　　　　　本の作り方も分からないし、推敲に推敲を重ねて、
　　　　　　　　　　　ようやく、この本が、出来上がりました。）
本を、作ることになって、ご協力頂いた皆様。
また、紙面の都合上、登場されなかった方々。　申し訳ありません。
　　　　　　　　　本当に、ありがとうございました。

風媒社の方々には、お世話になりました。　ありがとうございました。
編集長の、劉永昇さんには、一際、お世話になりました。
御陰で、この本を世の中に出せました。　ありがとうございました。

私の本は、終わりますが、失語症、半身不随等が、
　　　　無くなるまでは、読み継がれていく物であれば、幸いです。
　　　　　　（健康な方は、どうか、そのままで、居て下さい。）

私は、一人の人間として、また、新たな人生を、目指します。
　もう、私のことは、いいです。　十分に、元気に、なれました。

　　　　　　吉村正夫　（「脳卒中からの改善　１」　完）

　　　　続きは、「脳卒中からの改善　２」を、読んで下さい。

　　　　　ある方の言葉を、借りて、言います。
　　　　　　　"そっとしておいて、ください・・・"

＝御礼＝　本を、購入・購読して下さった方。
お陰で、また、困っている方に、次の本が、出し続けられます。
ありがとうございます。
この本が、「参考になった。」と言われる方は、
　　　　　　　　周りの方にも、勧めてあげて下さい。　お願いします。
「この本は、私の宝物だ！」と言われる方は、いいですが、
　　　　　　　　　他の方は、高等学校等に、寄贈して欲しいです。

お願い
　レビュー・感想を、アマゾン・楽天等に、書いていただければ、
　　　　　　　　　幸いです。（風媒社には、書く欄が、ありません。）
　褒め言葉は、必要ありません。　症状は、人、それぞれです。
　　　　　　　のちに、続くだろう方のために、よろしくお願いします。

吉村正夫と連絡が取りたい方は、
巻末にある、風媒社行（吉村正夫行）に、手紙・感想等・
切手（転送代です）を同封して、送って下さい。　転送してくれます。
または、フェイスブックより、連絡を、お願いします。

お断り事項　お願い　［障害者虐待防止法　2012/10/1　施行
　　この本に関する事で、自宅・施設等への訪問はお断りします。
　　　　　　　　　　　　　　　　　然るべき措置をとります。
　　　　　　　　　　　　　　本で、書いたことが、全てです。
　　手紙、フェイスブック等はやりますが、講演会等は、やりません。
　　　私は、高次脳機能障害が改善した理由が分かりません。
　　　　　　　　　　　責任持てないので、講演会等は、やりません。
　　私は、たまたま、立ち直れただけです。
また、返事が来ない場合は、
　　　“吉村正夫は、もう、居ないのか・・・”と、思ってください。

＊最後に＊　文中、文句めいたことを書きましたが、
　　　これは、風媒社の責任ではなく、**吉村正夫の責任**です。
　　　　　　　　　　　　文責は、**吉村正夫**にあります。
（病院等の許可は得ています。　他は事実です。虚飾はありません。）
　　この本を書いた事で、仮に一人ぽっちになろうとも、
　　　　　　　　　　　　事実なので、書かせてもらいました。
　　脳卒中で困っている方に向けて、書いたつもりです。（終）
［注：よほど、誤記等は、無いと思いますが、
　　　　　　　　　　　もし、あったら、ご了承ください。］

内容説明・広報文
　　「４６歳の時、脳卒中で倒れた著者。
　　　症状は、失語症・右半身不随・高次脳機能障害！
　　　入院期間は、約半年という、制限があった・・・
　　　退院後も、なお、あきらめずに！！
　　　努力すれば、生活の質は、少しずつ、向上するでしょう！！」

著書
　　「新装版　脳卒中からの改善　１」
　　「脳卒中からの改善　２」
　　「新装版　失語症　言葉が、しゃべれた！！」

著者略歴
　　1960 年　岐阜県中津川市生まれ。　岐阜県の教員として勤める。
　　2007 年 1 年 23 日　脳内出血のため、倒れ、
　　　　　　　　　　　　失語症・右半身不随・高次脳機能障害になる。
　　2010 年 7 月 22 日　退職。　以後、脳卒中の方に向けて、本を書く。
　　　　　　　http://www13.plala.or.jp/yosimuramasao/

御礼：
多くの方々の協力の御蔭で、本を、出版することが、出来ました。
　　　　　　　　　　　　　　　　　　ありがとうございました。
文章の文言は、吉村正夫の記憶に従って、書いてあります。
　　　　　　　　　　事実です。　　文責は、吉村正夫にあります。

新装版　脳卒中からの改善１

　　2023 年 3 月 15 日　第 1 刷発行
　　（定価はカバーに表示してあります）

　　著　者　吉村　正夫

　　発行者　山口　章

　　発行所　風媒社
　　　　　　名古屋市中区大須 1-16-29
　　　　　　電話 052-218-7808　FAX 052-218-7709
　　　　　　http://www.fubaisha.com/

　　印刷・製本／安藤印刷

　　　　　　　　　ISBN978-4-8331-5443-7
　　　　　　　　　無断複写・転載を禁ず。